博雅文叢

沈尹默談書法

沈尹默 著

出版說明

「博雅教育」，英文稱為 General Education，又譯作「通識教育」。

甚麼是「通識教育」呢？依「維基百科」的「通識教育」條目所說：「其一是通才教育；其二是指全人格教育。通識教育作為近代開始普及的一門學科，其概念可上溯至先秦時代的六藝教育思想，在西方則可追溯到古希臘時期的博雅教育意念。」歐美國家的大學早就開設此門學科。

在兩岸三地，「通識教育」則是一門較新的學科，涉及的又是跨學科的知識。概而言之，乃是有關人文、社科，甚至理工科、新媒體、人工智能等未來科學的多方面的古今中外的舊常識、新知識的普及化介紹，等等。因而，學界歷來對其「定義」抱有各種歧見。依台灣學者江宜樺教授在「通識教育系列座談（一）會議記錄」（二零零三年二月）所指陳，暫時可歸納為以下幾種：

一、通識就是如（美國）哥倫比亞大學、哈佛大學所認定的 Liberal Arts。

二、如芝加哥大學認為：通識應該全部讀經典。

三、要求學生不只接觸 Liberal Arts，也要人文社會科學學生接觸一些理工、自然科學學科；理工、自然科學學生接觸一些人文社會學，這是目前最普遍的作法。

四、認為通識教育是全人教育、終身學習。

五、傾向生活性、實用性、娛樂性課程。好比寶石鑑定、插花、茶道。

六、以講座方式進行通識課程。（從略）

近十年來，香港的大專院校開設「通識教育」學科，列為大學教育體系中必要的一環，因應於此，香港的高中教育課程已納入「通識教育」。自二零一二年開始的第一屆香港中學文憑考試，通識教育科被列入四大必修科目之一，考生入讀大學必須至少考取最低門檻的「第二級」的成績。在可預見的將來，在高中教育課程中，通識教育的份量將會越來越重。

在互聯網技術蓬勃發展的大數據時代，搜索功能的巨大擴展使得手機、網絡閱讀、搜索成為最常使用的獲取知識的手段，但網上資訊氾濫，良莠不分，所提供的內容知識未經嚴格編審，有許多望文生義、張冠李戴及不嚴謹的錯誤資料，謬種流傳，誤人子弟，造成一種偽知識的「快餐式」文化。這種情況令人擔心。面對着人工智能技術的迅猛發展所導致的對傳統優秀文化內容傳教之退化，如何能繼續將中國文化的人文精神薪火傳承？培育讀書習慣不啻是最好的一種文化訓練。

有感於此，我們認為應該及時為香港教育的這一未來發展趨勢做一套有益於中、大學生的「通識教育」叢書，針對學生或自學者知識過於狹窄、為應試而學習的不良傾向去編選一套「博雅文叢」。錢穆先生曾主張：要讀經典。他在一次演講中還指出：「此時的讀書，是各人自願的，不必硬求記得，也不為應考試，亦不是為着做學問專家或是寫博士論文，這是極輕鬆自由的，只如孔子所言：『默而識之』便得。」我們希望這套叢書能藉此向香港的莘莘學子們提倡深度閱讀，擴大文史知識，博學強聞，以春風化雨，潤物無聲的形式為求學青年培育人文知識的養份。

本編委會從上述六個有關通識教育的範疇中，以第一條作為選擇的方向，以第二條的芝加哥大學認定的「通識應該全部讀經典」作為本文叢的推廣形式，換言之，就是為初中、高中及大專院校的學生而選取的，讀者層面也兼顧自學青年及想繼續進修的社會人士，向他們推薦人文學科的經典之作，以便高中生未雨綢繆，入讀大學後可順利與通識教育科目接軌。

這套文叢將邀請在香港教學第一線的老師、相關專家及學者，組成編輯委員會，分類包括中外古今的文學、藝術等人文學科。而且邀請了一批受過學術訓練的中、大學老師為每本書撰寫「導讀」及做一些補註。雖作為學生的課餘閱讀之作，但期冀能以此薰陶、培育、提高學生的人文素養，全面發展，同時，也可作為成年人終身學習、補充新舊知識的有益讀物。

本叢書多是一代大家的經典著作，在還屬於手抄的著述年代裏，每個字都是經過作者精琢細磨之後所揀選的。為尊重作者寫作習慣和遣詞風格、尊重語言文字自身發展流變的規律，給讀者們提供一種可靠的版本，本叢書對於已經經典化的作品不進行現代漢語的規範化處理，提請讀者特別注意。

「博雅文叢」編輯委員會

二零一九年四月修訂

目錄

導讀

沈尹默先生之書「法」

沈尹默（一八八三——一九七一），原名君默，字中，號秋明、鬼谷子，浙江吳興人，長於詩詞書法，書法尤為世人所重，為近代書法史上的帖學大家，亦是五四運動時期新詩的倡導者之一。著有《秋明室雜詩》、《秋明長短句》、《二王法書管窺》、《歷代名家學書經驗談輯要釋義》等，並出版二十多種書法作品集。

文名為書名所掩者，在歷史上並不少見，沈先生也是其中的「受害者」。他從小便致力於詩詞創作，尤其是詞。沈先生曾寫過一首自作詩送給劉季平，後被陳獨秀看見，專門去拜訪他，並直言道：「我昨天在劉三那裏看見了你一首詩，詩很好，但是字其俗在骨。」沈先生聽後如受當頭棒喝，於是發奮練字，終成大家。四十五歲手書詞稿二卷，朱彊村（祖謀）為之評閱。抗日戰爭爆發後，先生應于右任之邀為檢查委員，於一九三九年自上海赴重慶，在不斷臨池的同時，更銳意作詞，《沈尹默年譜簡編》稱：「是時鑽研四聲長調，於秦、柳、蘇、辛諸家亦喜唱誦。」詩詞大家夏劍丞（敬觀）為沈先生詞集作序，對他的詞作深加讚許：「先生小令造詣至深，能寫前人未盡之意，兼採南北宋之長。慢詞雖澀，亦出之自然，不覺艱苦。」

唐代張懷瓘《書議》云：「論人才能，先文而後墨。羲、獻等十九人，皆兼文墨。」沈先生的書法之所以富有書卷氣，與他的學問及文學修養是分不開的。我們學習書法的同時，亦應致力於「字外功」的修練。

一、用筆為上

沈先生論書，最着重用筆，認為前人論書首重筆法，其次架構，並引趙孟頫「書法以用筆為上，而結字亦須用功，蓋結字因時相傳，用筆千古不易」為證。所謂「用筆千古不易」，沈先生認為是指中鋒用筆。對此，啓功先生有不同的看法：

趙子昂云：「書法以用筆為上，而結字亦須用功。」此語出自宗師，宜若可信。詎知習書以來，但辨其點畫方圓，形狀全無是處。其後影摹唐楷，見其折算，於停勻中有鬆緊，平正中有欹側。苟能距離無繆，縱或以細線畫其筆畫中心，全無輕重肥瘦，懸而觀之，仍能成體。乃知結字所關，尤甚於用筆也。[1]

啓功先生認為即使筆法拙劣，線條粗細無變化，但只要結構嚴謹整飭，仍然悦目；反之，如果筆法精到，結構卻散漫不成字，則筆法再好也是徒然。可見啓功先生十分重視結字而輕視筆法，這與沈尹默先生正好相反。二先生都是近代不可多得的書法大家，而且對帖學的研究都極深，沈先生重視筆法，所以其用筆靈巧多變，八面俱到；啓功先生則於結字用功，所以其結構嚴謹，自成風格。就書論而言，二老可互為諍友矣。

二、筆筆中鋒

沈先生遍觀、遍臨歷代書法名跡，從中體悟出「筆筆中鋒」的道理，他說：

自來書家們所寫的字，結構短長疏密，筆畫肥瘦方圓，往往不同，可是有必然相同的地方，就是點畫無一不是筆筆中鋒。因為這是書法中唯一的筆法，古今書家所公認而確遵的筆法。

何謂中鋒？就是指寫字行筆時，「令筆心（筆鋒）常在點畫中行」（蔡邕《九勢》）。簡而言之，即行筆方向與筆鋒（筆尖）所指之方向相反，謂之中鋒。如寫一豎筆，行筆方向向下，筆尖所指之方向向上，如此就是中鋒用筆，如果筆尖向左，就是偏鋒。沈先生的書法理論由此展開，他以「筆筆中鋒」為立論基礎，於是執筆和用筆都以此為目的和標準。得到筆法後，更要取勢（結字），然後講求筆意，筆意是無形的，就像人的氣質一樣，最難得，必須多讀書以涵養之。

沈先生論執筆，以「五字法執筆」為唯一的方法，並認為這是古人經過無數次實驗才規定下來的，它於手臂生理和實際應用極相合適。於是，沈先生反對回腕高懸和轉指，因為回腕會使手腕僵住，不能靈活運動。而指是專管執筆的，腕是專管運筆的，所以必須指靜而腕動，互相配合，才能隨時隨處將筆鋒運用到每一點一畫的中間去，即能實現「筆筆中鋒」。

可惜沈先生並沒有寫字的錄像流傳，不然我們便可以知道沈先生用筆的秘訣。雖然如此，我們仍可以透過旁觀者的描述，一窺沈先生的風采：

我注視他運動的動作，不緊不慢，紙筆相戀，非常自然。他的手腕果然在轉動，筆杆隨着點畫的走向略微傾斜，行筆到收鋒處，筆毛便同時攢聚了。寫出的點畫，不論粗細輕重，都顯得圓活矯健，沒有半點輕飄。[2]

三、掌豎腕平與懸肘懸腕

既然指只負責執筆，那麼腕的作用就顯得十分重要了，因為根據沈先生所言，腕是要活用的。按照「五字法執筆」，手掌自然有空洞，手指執筆，用力自然而不僵硬，此即所謂「指實掌虛」。掌不但要虛，而且還要豎起來，這樣腕才能平，腕平肘才能自然而然地懸起，肘腕並起，腕才能靈活運用。有人寫字只懸腕而不懸肘，根據沈先生的說法，這樣是不對的。肘不懸起就等於不曾懸腕，因為不懸肘使腕的活動範圍和幅度大大減少了，所以肘如擱在案上，即使懸腕，腕亦不能隨意地活用。至於有人主張以左手墊在右腕下寫字，稱為「枕腕」，那就更妨礙腕的運用了。

宋以前人席地而坐，就像今天的日本人跪坐在榻榻米上一樣。古人席地而坐寫字，左手執紙卷，右手拿筆，肘與腕都是懸空的，筆在空中，可作前、後、左、右以及提按等動作，極其靈活，在現存的敦煌壁畫中尚可見古人席地而坐寫字的姿勢。

直至宋代，高桌椅才普及，於是書寫者的肘與腕就能貼案，為了區別，遂有「枕腕」、「懸腕」、「懸肘」等名目。沈先生之所以堅持懸腕和懸肘，目的就是恢復古人席地而坐書寫的靈活性。

四、書家與善書者

「家」是尊稱，書法家亦然，它是別人對善書者的專稱，而不是職業。事實上，古人並沒有以書法為職業的，他們大都兼是文學家、學者或政治家，書法只是「餘事」。可是，自古以來，「書法家」都沒有一個明確的定義，究竟達到怎樣的水平才有資格被稱為書法家？沈先生極為重視筆法，所以他便以得「法」與否來區分「書家」與「善書者」：

有天份、有修養的人們，往往依他自己的手法，也可能寫出一筆可看的字，但是詳細檢查一下它的點畫，有時與筆法偶然暗合，有時則不然，尤其是不能各種皆工。既然這樣，我們自然無法以書家看待他們，至多只能稱之為善書者。講到書家，那就得精通八法，無論是端楷，或者是行草，它的點畫使轉，處處皆須合法，不能絲毫苟且從事。

蘇東坡是宋四家之一，書法為人所稱道，他曾說過：「我書意造本無法」。東坡是天縱之才，無論詩、詞、文章、書法，都能超邁前人，自成一格，但他卻要「意造」而「本無法」。「本無法」三字值得細細玩味，「本無法」就是本來沒有法，但現在卻有了，亦即「以無法為有法」。「無法」就是「意造」，「意造」即是「無法」，所以東坡是天才，下筆自然好，毫不費力，而風規自遠。沈先生與東坡正好相反，東坡以無法為有法，沈先生則極度重視「法」。沈先生之「法」可循，日子有功，自然成就；東坡無「法」可學，所以如果沒有過人的天份而從東坡入手，是毫無成就的。

然而，按照沈先生對「書家」與「善書者」的分類，東坡便只是「善書者」而已，相信會有很多人不認同沈先生的判斷。判斷一個人是否已經自成一「家」，似乎可從橫向和縱向作一比較，即把他與同時代的人作一比較，以及放在書法史上與前代書家比較。若能勝過同時代大部份的書寫者，那麼他便可稱為書法家；在此之上，與古代書法家相較而毫不遜色，那麼，他便是大師級的了。當然，這只是很籠統的分法，並不準確，但畢竟有參照，似可成立。若只就得筆法與否來辨別書法家，那麼，一些得了筆法但成不了風格的書寫者又當如何？他們筆下能驅使古人，寫誰像誰，但毫無個人面貌，也難與古人比肩，這樣似乎很難稱為書法家。所以，能在深入學習經典碑帖之外，創造出自己獨特的風格，並且超越時流，不讓古人，如此方是真正的書法家。

溫仲斌

註釋：

[1] 啓功：《啓功論書絕句百首》（北京：榮寶齋出版社，一九九五），頁七四。

[2] 徐無聞：《徐無聞論文集》（北京：文物出版社，二零零三），頁三四零。

溫仲斌，現為青年國學研究會副會長，香港儒學會會員，香港詩書聯學會會員。曾獲第十屆余寄梅盃全港書法公開賽青少年組冠軍，第三十四屆中興湖文學獎古典文學組第三名。

書法漫談

再一次試寫關於論書法的文章

我的朋友，尤其是青年朋友們，他們都以為我能寫字，而且不斷地寫了五十多年，對於書法的理論和要訣，必定是極其精通的；屢次要求我把它寫出來，給大家看看。其實，對我這樣的估計是過了分際的，而且這個要求也是不容易應付的。因為，要滿足大家的希望，一看了我所寫的東西，就能夠徹底懂得書法，這是一件不可必得的事情。一則，書法雖非神秘的東西，但它是一種技術，自有它的微妙所在，非多看多寫、積累體會，不能有多大的真實收穫；單靠文字語言來表達一番是不夠盡其形容的。一則，我雖然讀過了前人不少的論書法的著作，但是不能夠全部了解，至今還在不斷研討中；又沒有包慎翁的膽量，拿起筆來，便覺茫然，不知從何處說起才好。前幾年曾經試寫過一兩篇論書法的文章，發表以後，問過幾個見到我的文章的人，不是說「不容易懂」，就是說「陳義過高」。這樣的結果，就不會發生多大的效用，對於有志於書法的人們是絲毫沒有幫助的啊！

對於承受祖國文化遺產的問題，這是整個建設過程中一項重要任務。人們得到了這樣莫大的啓示和教訓，因而我體會到在日常生活中，凡是沒有被群眾遺忘掉，相反地，還有一點留戀着喜愛着的東西，只要對人們有益處的，都應該重視它，都應該當一個問題來研究它，以便整理安排，更好地利用它為人民服務。中國的字畫也就應當歸入這一類。因為這個緣故，又一次被朋友們督促着要我對於祖國文化遺產之一——書法，盡一點闡發和整理的力量。我經過了長時期的考慮，無可推諉地擔任下來，決定再做一次試寫。

這次擬不拘章節篇幅長短，只隨意寫去，盡量廣泛地收集一些材料，並力求詳盡明確，通俗易解。在我這方面必須做到這樣。至於有志於書法的閱讀者一方面，我誠懇地要求，不

1960 年上海書法篆刻研究會籌備組成立不久，沈尹默（77 歲）便身體力行帶頭組織書法家們在上海工人文化宮書寫春聯，為社會大眾特別是青年工人演示和講授書法。

沈尹默晚年，以近 2000 度近視為前來求書的青年朋友書寫蠅頭小字團扇。

要隨便看過便了，如遇到不合意處，就應該提出意見，不論是關於語意欠分明、欠正確，或者是意見不同。我寫的東西是極其普通的，但是我認為都是與書法根本問題有關的。不過，我是一個無師自學的人，雖然懂得一點，總不免有些外行，方家們看了，能給我一些指正，那是十分歡迎的。初學寫字的人們的意見，我尤其願意聽受，因為他們固然沒有方家們的專門知識，但他們對於書法上各種問題的看法，一定很少成見，沒有成見，自然也少了一些障礙，在這種情況下，是會有新的發見和發展的。

試寫的稿子，本非定本，盡有

修改和重作的可能，如果經過大家的反覆討論斟酌，將來或可成為一本集體寫成的較為完善的論書法的小冊子，指望它能夠起一些推陳出新的作用。

我學書法的經過和體會

我自幼就有喜歡寫字的習慣，這是由於家庭環境的關係，我的祖父和父親都是善於寫字的。祖父揀泉公是師法顏清臣、董玄宰兩家，父親闇齋公早年學歐陽信本體，兼習趙松雪行草，中年對於北碑版尤為愛好。祖父性情和易，索書者有求必應。父親則謹嚴，從不輕易落筆，而且忙於公事，沒有閒空來教導我們。我幼小是從塾師學習黃自元所臨的歐陽詢《醴泉銘》。放學以後，有時也自動地去臨摹歐陽詢及趙松雪的碑帖，後來看見父親的朋友仇淶之先生的字，愛其流利，心摹取之，當時常常應酬人的請求，就用這種字體，今日看見，真要慚愧煞人。

記得十五六歲時，父親交給我三十柄折扇，囑咐我要帶着扇骨子寫。另一次，叫我把祖父在正教寺高壁上寫的一首賞桂花長篇古詩用魚油紙蒙着鈎摹下來。這兩次，我深深地感到了我的執筆手臂不穩和不能懸着寫字的苦痛，但沒有下決心去練

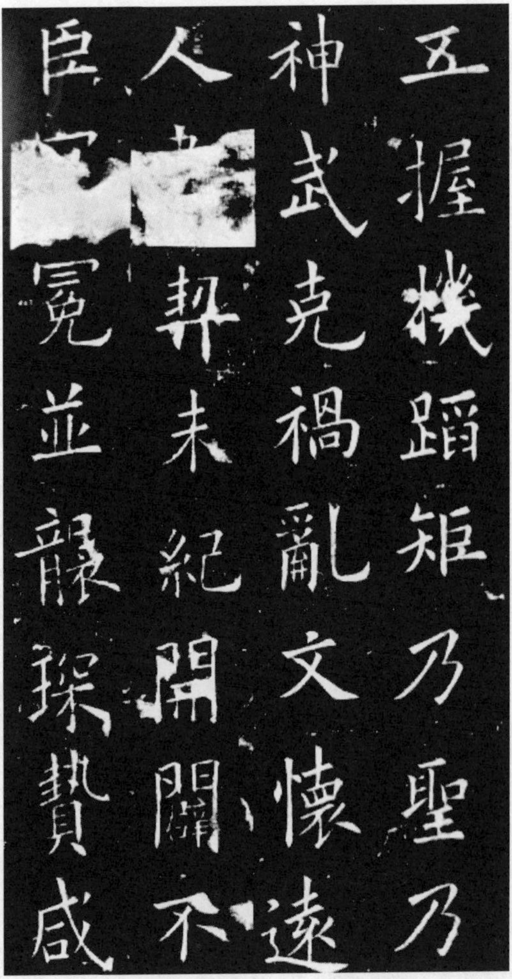

〔唐〕歐陽詢楷書《九成宮醴泉銘》

習懸腕。二十五歲左右回到杭州，遇見了一個姓陳的朋友，他第一次見面和我交談，開口便這樣説：我昨天在劉三那裏，看見了你一首詩，詩很好，但是字其俗在骨。我初聽了，實在有些刺耳，繼而細想一想，他的話很有理由，我是受過了黃自元的毒，再沾染上一點仇老的習氣，那時，自己既不善於懸腕，又喜歡用長鋒羊毫，更顯得拖拖沓沓地不受看。陳姓朋友所説的是藥石之言，我非常感激他。就在那個時候，立志要改正以往的種種錯誤，先從執筆改起，每天清早起來，就指實掌虛，掌豎腕平，肘腕並起地執着筆，用方尺大的毛邊紙，臨寫漢碑，每紙寫一個大字，用淡墨寫，一張一張地丟在地上，寫完一百張，下面的紙已經乾透了，再拿起來臨寫四個字，以後再隨便在這寫過的紙上練習行草，如是不間斷者兩年多。

一九一三年到北京大學教書，下課以後，抽出時間，仍舊繼續習字。那時改寫北碑，遍臨各種，力求畫平豎直，一直不間斷地寫到一九三零年。經過了這番苦練，手腕才能懸起穩準地運用。在這個時期，又得到了好多晉唐兩宋元明書家的真跡影片，寫碑之餘，從米元章上溯右軍父子諸帖，得到了很多好處。一九三三年回到上海，重複用唐碑的功。隋唐各家，都曾仔細臨摹過，於褚河南諸碑領悟較為深入。經過了遍臨各種碑帖及各家真跡的結果，到了一九三九年，才悟到自有毛筆以來，運用這樣工具作字的一貫方法。凡是前人沿用不變的，我們也無法去變動它，前人可以隨着各人的意思變易的，我也可以變易它，這是一個基本原則。在這裏，就可以看出一種根本法則是甚麼，這就是我現在所以要詳細講述的東西——書法。

寫字的工具——毛筆

有人說，用毛筆寫字，實在不如用鋼筆來得方便，現在既有了自來水鋼筆，那麼，毛筆是不久就會廢棄掉的。因此，凡是關於用毛筆的一切講究，都是多餘的事，是用不着的，也很顯得是不合時代的了。這樣的說法對嗎？就日常一般應用來說，是對的，但是只對了一半，他們沒有從全面來考慮。中國字不單是有它的實用性一方面，而且還有它的藝術性一方面呢。要字能起藝術上的作用，那就非採用毛筆寫不可。不要看別的，只要看一看世界上日常用鋼筆的國家，那佔藝術重要地位的油畫，就是用毛筆畫成的，不過那種毛筆的形式製作有點不同罷了。至於水彩畫的筆，那就完全和中國的一樣。因為靠線條構成的藝術品，要能夠運用粗細、濃淡、強弱各種不同的線條來表現出調協的色彩和情調，才能曲盡物象，硬筆頭是不能夠奏這樣的功效的。字的點畫，等於線條，而且是一色墨的，尤其需要有微妙的變化，才能現出圓活妍潤的神采，正如前人所說「戈戟銛銳可畏，物象生動可奇」，字要有那樣種種生動的意態，方有可觀。由此可知，不管今後日常寫字要不要用毛筆，就藝術方面來看，毛筆是不可廢棄的。

我國最早沒有紙張的時候，是用刀在龜甲、獸骨上面刻字來記載事情的，後來竹簡、木簡代替了甲骨，便用漆書。漆是一種富有黏性的濃厚液體，可以用一種削成的木質或者是竹的小棒蘸着寫上去，好比舊式木工用來畫墨線的竹片子一樣。漸漸地發現了石墨，把它研成粉末，用水調勻，可以寫字，比漆方便得多。這樣，單單一枝木和竹的小棒子，是不適用的了，因而發生了利用獸毛繫扎成筆頭，然後再把它夾在三五寸長的幾個木片或者竹片的尖端去蘸墨使用的辦法，這便是後來毛筆形式的起源。曾經看見龜甲上有精細的朱色文字尚未經刀刻的，想必當時已經有了毛筆，如果沒有毛筆的話，那種字是無法寫上去的。不知經過了多少年代的改進，積累經驗，精益求精，直到秦朝，蒙恬才集其大成，後世就把製筆的功勞，一概歸之於蒙恬。蒙恬起家便做典獄文學的官，想來他在當時也和李斯、趙高一樣，寫得一筆好字，可惜沒有能夠流傳下來。

在這裏，我體會到了一件重要事情，就是我國的方塊字和其他國家的拼音文字不同，自從有文字以來，留在世間的，無論是甲骨文，是鐘鼎文，是刻石，是竹簡木版，無一不是美觀的字體，越到後來，絹和紙上的字跡，越覺得它多式多樣的生動可愛。這樣的歷史事實，無可辯駁地證明了我國的字，一開始就具有藝術性的特徵。而能盡量地發展這一特徵，是與所用的幾經改進的工具——毛筆有密切而重要的關係的。因此，我國書法中，最關緊要和最需要詳細說明的就是筆法。

書法的由來及其必要性和重要性

在未曾講述筆法以前，首先應該説明以下一件極其重要的事實：筆法不是某個先聖先賢根據個人的意願制定出來，要大家遵守的，而是本來就在字的本身的一點一畫中間本能地存在着的，是在人體的手腕生理能夠合理地動作和所用工具能夠適應地發揮作用等兩個條件相結合的原則下，才自然地形成，而在字體上生動地表現出來的。但是經過好多歲月，費去不少人仔細傳習的力量，才創造性地被發現了，因之，把它規定成為書家所公認的筆法。我現在不憚煩地在下面舉幾個例子，為得使人更容易了解這樣的法則是不能不遵守的，遵守着法則去做，才會有成就和發展的可能。

猶如語言一樣，不是先有人制定好了一種語法，然後人們才開口學着說話，相反地，語法是從語言由簡單到複雜的發展過程中，逐漸改進演變而成的，它是存在於語言本身中的。可是，有了語法以後，人們運用語言的技術，獲得不斷的進步，能更好地組織日益豐富的語彙，來表達正確的思想。

再就舊體詩中的律詩來看，齊梁以來的詩人，把古代詩讀起來平仄聲字最協調的句子，即是律句，如《古詩十九首》中「青青河畔草」（三平兩仄），「識曲聽其真」（三仄兩平），「極宴娛心意」（兩仄兩平一仄），「新聲妙入神」（兩平兩仄一平）等句（近體律詩只用這樣平仄字配搭成的四種句子）選擇出來，組織成為當時新體詩，但還不能夠像近體律詩那樣平仄相對，通體協調。就是這樣，從初唐四傑（王勃、楊炯、盧照鄰、駱賓王）、宋之問、沈佺期、杜審言諸人，一直到了杜甫，才完成近體律詩的組織形式工作。這個律詩的律，自有五言詩以來，就在它的本身中存在着的，經過了後人的發現採用，奉為規矩，因而舊日詩體得到了一種新的發展。

寫字雖是小技，但它也有它的法則，知道這個法則，也是字體本身所固有的，不依賴個人的意願而存在的，因而它也不會因人們的好惡而有所遷就，只要你想成為一個書家，寫好字，那就必須拿它當作根本大法看待，一點也不能違反它。

大家知道，宇宙間事無大小，不論是自然的、社會的，或者是思維的，都各自有一種客觀存在着的規律，這是已經被現代科學實踐所證明了的。規律既然是客觀存在着的，那麼，人們就無法隨意改變它，只能認識了它之後去掌握它，利用它做好一切所做的事情。不懂得應用寫字的規律的人，就無法寫好字，可以肯定地這樣說。不過，寫字的人不一定都懂得寫字規律，這也是事實。關於這一點，以後也需要詳細解釋一下。

寫字必須先學會執筆

寫字必須先學會執筆，好比吃飯必須先學會拿筷子一樣，如果筷子拿得不得法，就會發生拈菜不方便的現象。這樣的情況，我們時常在聚餐中可以遇到的，因為用筷子也有它一定的方法，不照着方法去做，便失掉了手指和兩根筷子的作用，便不會發生使用的效力。用毛筆寫字時能與前章所說的規律相適應，那就是書法中所承認的筆法。

寫字何以要講究筆法？為的要把每個字寫好，寫得美觀。要字的形體美觀，首先要求構成形體的一點一畫的美觀。人人都知道，凡是美觀的東西，必定通體圓滿，有一缺陷，便不耐看了。字的點畫，怎樣才會圓滿呢？那就是當寫字行筆時，時時刻刻地將筆鋒運用在一點一畫的中間。筆的製作，我們是熟悉的：筆頭中心一簇長而尖的部份便是鋒；周圍包裹着的彷彿短一些的毛叫作副毫。筆的這樣製作法，是為得使筆頭中間便於含墨，筆鋒在點畫中間行動時，墨水隨着也在它所行動的地方流注下去，不會偏上偏下、偏左偏右，均勻滲開，四面俱到。這樣形成的點畫，自然就不會有上輕下重，上重下輕，左輕右重，左重右輕，等等偏向的毛病。能夠做到這樣，豈有看了不覺得它圓滿可觀的道理。這就是書法家常常稱道的「筆筆中鋒」。自來書家們所寫的字，結構短長疏密，筆畫肥瘦方圓，往往不同，可是有必然相同的地方，就是點畫無一不是中鋒。因為這是書法中唯一的筆法，古今書家所公認而確遵的筆法。

用毛筆寫字時，行筆能夠在一點一畫中間，卻不是一件很容易做到的事情，筆毛即使是兔和鼠狼等獸的硬毛，總歸是柔軟的。柔軟的筆頭，使用時，很不容易把握住它，從頭到尾使尖鋒都在畫中行而一絲不走，這是人人都能夠理會得到的。那麼，就得想一想，用甚麼方法來使用這樣的工具，才可以使筆鋒能夠隨時隨處都在點畫當中呢？在這裏，人們就來利用手臂生理的作用，用腕去把已將走出中線的筆鋒運之使它回到當中地位，所以向來書家都要講運腕。但是單講運腕是不夠的，因為先要使這管筆能聽腕的指揮，才能每次將不在當中的筆鋒，不差毫厘地運到當中去；若果腕只顧運它的，而筆管卻是沒有被五指握住，搖動而不穩定，那就無法如腕的意，腕要運它向上，它或許偏向了下，要運它向左，它或許偏向了右。這種情況之下，你看應該怎麼辦呢？因此之故，就先講執筆，筆執穩了，腕運才能奏功，腕運能夠奏功，才能達成「筆筆中鋒」的目的，才算不但能懂得筆法，而且可以實際運用筆法了。

執筆五字法和四字撥鐙法

書法家向來對執筆有種種不同的主張，其中只有一種，歷史的實踐經驗告訴我們，它是對的，因為它是合理的。那就是唐朝陸希聲所得的，由二王傳下來的擫、押、鈎、格、抵五字法。可是先要弄清楚一點，這和撥鐙法是完全無關的。讓我分別說明如下：

筆管是用五個手指來把握住的，每一個指都各有它的用場，前人用擫、押、鈎、格、抵五個字分別說明它，是很有意義的。五個指各自照着這五個字所含的意義去做，才能把筆管捉穩，才好去運用。我現在來分別着把五個字的意義申說一下：

擫字是說明大指的用場的。用大指肚子出力緊貼筆管內方，好比吹笛子時，用指擫着笛孔一樣，但是要斜而仰一點，所以用這字來說明它。

押字是用來說明食指的用場的。押字有約束的意思。用食指第一節斜而俯地出力貼住筆管外方，和大指內外相當，配合起來，把筆管約束住。這樣一來，筆管是已經捉穩了，但還得利用其他三指來幫助它們完成執筆任務。

鈎字是用來說明中指的用場的。大指、食指已經將筆管捉住了，於是再用中指的第一、第二兩節彎曲如鈎的鈎着筆管外面。

格字是說明無名指的用場的。格取擋住的意思，又有用揭字的，揭是不但擋住了而且用力向外推着的意思。無名指用指甲肉之際緊貼着筆管，用力把中指鈎向內的筆管擋住，而且向外推着。

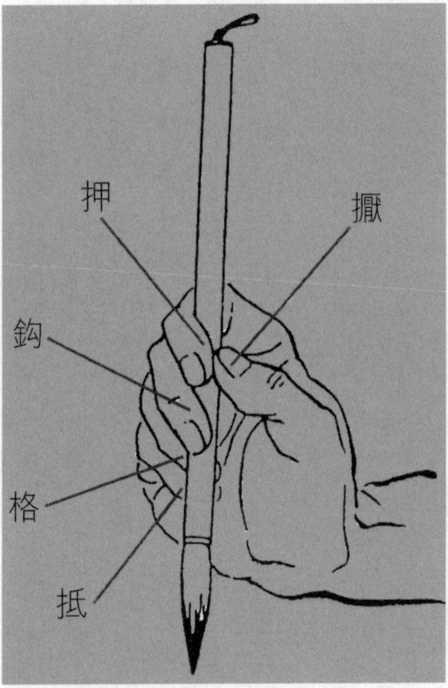

執筆五字法

抵是說明小指的用場的。抵取墊着、托着的意思。因為無名指力量小，不能單獨擋住和推着中指的鈎，還得要小指來襯托在它的下面去加一把勁，才能夠起作用。

以上已將五個指的用場一一說明了。五個指這樣結合在一起，筆管就會被它們包裹得很緊。除小指是貼在無名指下面的，其餘四個指都要實實在在地貼住了筆管（如執筆法二）。

以上所說，是執筆的唯一方法，能夠照這樣做到，可以說是已經打下了寫字的基礎，站穩了第一步。

撥鐙法是晚唐盧肇依託韓吏部所傳授而秘守着，後來才傳給林蘊的，它是推、拖、撚、拽四字訣，實是轉指法。其詳見林蘊所作《撥鐙序》。

把撥鐙四字訣和五字法混為一談，始於南唐李煜。煜受書於䛒光，著有《書述》一篇，他說：「書有七字法，謂之撥鐙。」又說：「所謂法者，擫、壓、鈎、揭、抵、導、送是也。」導、送兩字是他所加，或者得諸䛒光的口授，亦未可知。這是不對的，是不合理的，因為導、送是主運的，和執筆無關。又元朝張紳的《法書通釋》中引《翰林禁經》云：「又按錢若水云，唐陸希聲得五字法曰，擫、押、鈎、格、抵，謂之撥鐙法。」但檢閱計有功《唐詩紀事》陸希聲條，只言「凡五字：擫、押、鈎、格、

執筆五字法
擫用大指押食指。中鉤
名格小指抵。內擫外押
鉤已牢。鉤配格抵執乃死。
並此說各盡職。永不轉
動成一體。五指包管掌
自虛。掌豎腕平肘自起。
肘起掌虛腕自活。隨己
左右運不已。提管高低擇
其宜。端正依斜惟所使。按
提使轉腕生力。指但司執
而已矣。

擫如撇筍所謂一指按也
押取檢束之義與擫相
合而成其務然後鉤曲以
取之格橫以阻之而助之
以拄管斯樸然不可動搖
五指如右盡其所能矣嚐
為之說前人盡論其指掌
生理自然之形用與其器
而所使工具之般質而定之者
也即工具之選材與擇式
亦必相度用者與用需而
後作成故順而用之則愜
情而蓄勁戾而施之斯拂
意而債事良非偶然也

執筆五字法
擫用大指押食指。中鉤
名格小指抵。內擫外押
鉤已牢。鉤配格抵執乃死。
並此說各盡職。永不轉
動成一體。五指包管掌
自虛。掌豎腕平肘自起。
肘起掌虛腕自活。隨己
左右運不已。提管高低擇
其宜。端正依斜惟所使。按
提使轉腕生力。指但司執
而已矣。

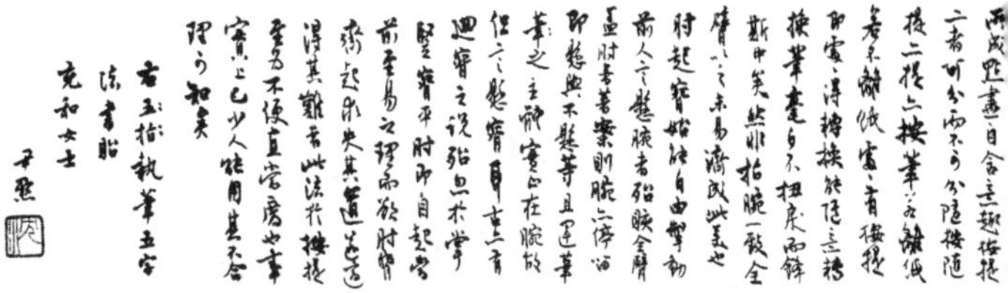

沈尹默手書執筆五字法

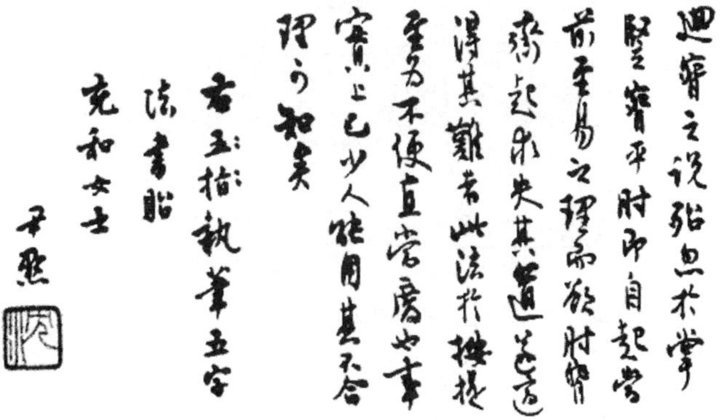

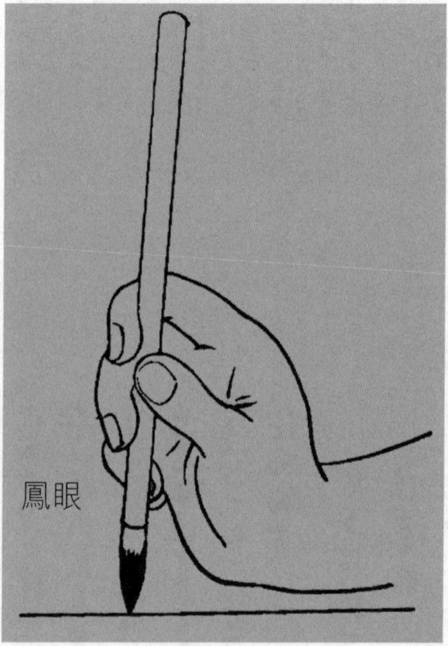

執筆法一

抵」，而無「謂之撥鐙法」字樣。由此可見，李煜的七字法是摻加了自己的意思的，是不足為據的。

後來論書者不細心考核，隨便地沿用下去，即包世臣的博洽精審，也這樣原封不動地依據着論書法，無怪乎有時候就會不能自圓其說。康有為雖然不贊成轉指法，但還是說「五字撥鐙法」而未加糾正，這實在是一樁不可解的事情。我在這裏不憚煩地提出，因為這個問題關係於書法者甚大，所以不能緘默不言，並不是無緣無故地與前人立異。

再論執筆

執筆五字法，自然是不可變易的定論，但是關於指的位置高低、疏密、斜平，則隨人而異。有主張大指橫撐，食指高鉤如鵝頭昂曲的。我卻覺得那樣不便於用，主張食指只用第一節押着筆管外面，而大指斜而仰地擫着筆管裏面的。這都是一種習慣或者不習慣的關係罷了，只要能夠做到指實掌虛，掌豎腕平，腕肘並起，便不會妨礙用筆（如執筆法二）。所以捉管的高低淺深，一概可以由人自便，也不必做

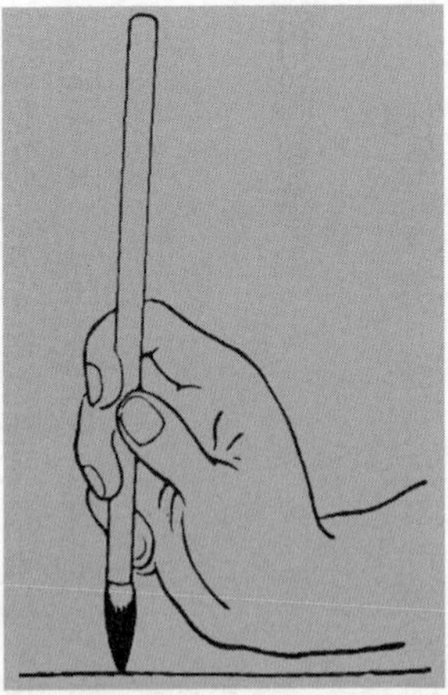

執筆法二

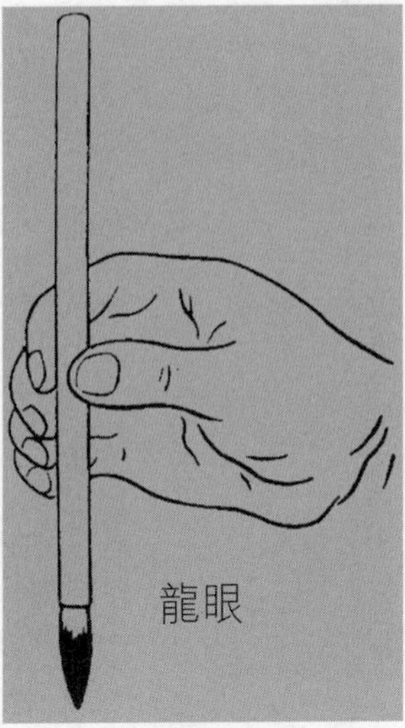

執筆法三

硬性規定。

前人執筆有回腕高懸之說，這可是有問題的。腕若回着，腕便僵住了，不能運動，即失掉了腕的作用。這樣用筆，會使向來運腕的主張，成了欺人之談，「筆筆中鋒」也就無法實現。只有一樣，腕肘並起，它是做到了的。但是，這是掌豎腕平就自然而然地做得到的事，又何必定要走這條彎路呢。又有執筆主張五指橫撐，虎口向上，虎口正圓的，美其名曰「龍眼」（如執筆法三）；長圓的美其名曰「鳳眼」（如執筆法之一）。使用這種方法，其結果與回腕一樣。

我想這些多式多樣不合理的做法，都由於後人不甚了解前人的正常主張，是經過了無數次的實驗才規定了下來的，它是與手臂生理和實際應用極相適合的；而偏要自出心裁，巧立名目，騰為口說，驚動當世，增加了後學的人很多麻煩，仍不能必其成功，寫字便成了不可思議的一種難能的事情，因而阻礙了書法的前途。林蘊師法盧肇，其結果就是這樣的不幸。

推、拖、捻、拽四字撥鐙法，是盧肇用它來破壞向來筆力之說，他這樣向林蘊說過：「子學吾書，但求其力爾，殊不知用筆之方，不在於力，用於力，筆死矣。」又說：「常人云永字八法，乃點畫爾，拘於一字，何異守株。」看了上面的議論，便可以明白他對於書法的態度。他很喜歡《翰林禁經》所說的「筆貴饒左，書尚遲澀」兩句話，轉指的書家自然是尚遲澀的，自然只要講「筋骨相連」「意在筆先」等比較高妙的話，寫字時能做出一些姿態就夠了，筆力原是用不着的。林蘊對於這位老師的傳授，「不能益其要妙」，只好寫成一篇《撥鐙序》，傳於智者。我對轉指是不贊成的，其理由是：指是專管執筆的，它須常是靜的；腕是專管運筆的，它須常是動的。假使指和腕都是靜的，當然無法活用這管筆；但使之都是動的，那更加無法將筆鋒控制得穩而且準了。必須指靜而腕動地配合着，才好隨時隨處將筆鋒運用到每一點一畫的中間去。

我在一九四零年曾經為張廉卿草稿作跋，對於他的書訣，有所討論，是一篇文言文，附在後面，以供參考。

〔附〕張廉卿先生草稿跋

昔人有言，古之善書，鮮有得筆法者。觀諸元明以來流傳墨跡，斯語益信。廉卿先生一代文宗，不薄書學，其結構雖隨時尚，而筆致迴別，精心點畫，多所創獲，遂以有成，揚聲奕世，可謂豪傑之才，出類拔俗者矣。即此卷草稿，初非用意所為，而卓犖不苟，正非尋常所能企及，良可寶也。卷前眉上有題記數行，似是筆訣，其文云：「名指得力，指能轉筆。落紙輕，入墨澀。發鋒遠，收鋒急。指腕相應，五指齊力。」細繹之，微嫌有出入，或是偶爾書得，非定本也。前二語，要是先生自道平生用筆得力之秘。向來執筆五法為：擫、押、鉤、格、抵，先生主張轉筆，因特注意於格，蓋非此則筆轉時易出畫外故也。唯其用轉，故不得不落紙輕，入墨澀，沉着作勢，方有把握也。「發鋒遠，收鋒急」二語，是其作字時時刻刻自繩之事，有時合意、有時則否者也。其末二語，乃是自來書家相傳不易之法，唯不當引入此章，謂其非類也。蓋既以大、食、中三指轉筆，同時復使名指力格，則其用力之輕重自有不同，未易齊一，唯五指執管不動，一致和合，用力始得稱齊耳。以指轉筆，即歐陽永叔所謂「指運而腕不知者」，更安得指腕相應耶！愚於此等處不能無疑，特為拈出以諗知者。

題畢，偶更檢閱一過，見卷末副紙尾別有一行作「名指得力，指能轉筆。落紙輕，注墨辣。發鋒遠，收鋒密。藏鋒深，出鋒烈。」始知先生已自易去後二語，信愚見之非妄，得一印證，私喜無已。觀先生遺墨，「收鋒急」，似非所能焉，故後章易「急」為「密」，蓋亦自知其不甚切合耳。此等處可見前輩之篤實不欺。

一九四零年十一月十八日

沈尹默手跡一：《張廉卿先生草稿跋》

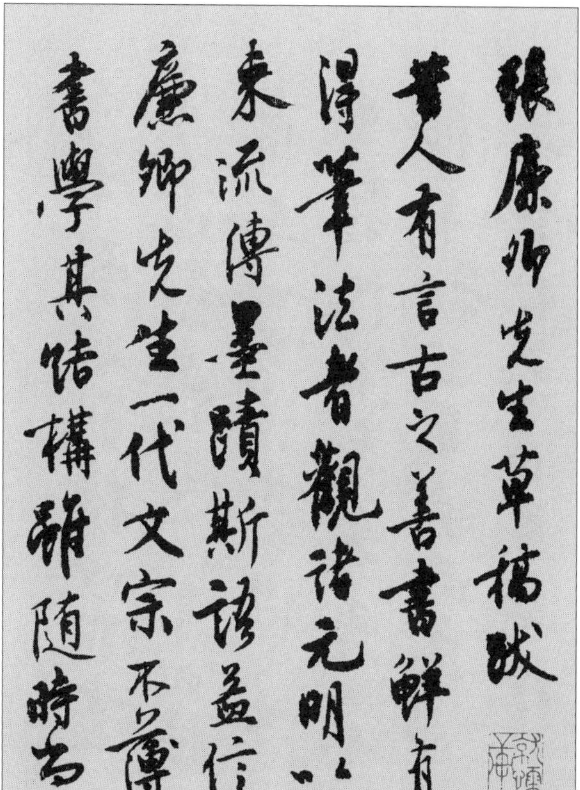
張廉卿先生草稿跋
昔人有言古之善書鮮有
得筆法者觀諸元明以
來流傳墨蹟斯語益信
廉卿先生一代文宗不屑
書學其結構體勢隨時爲

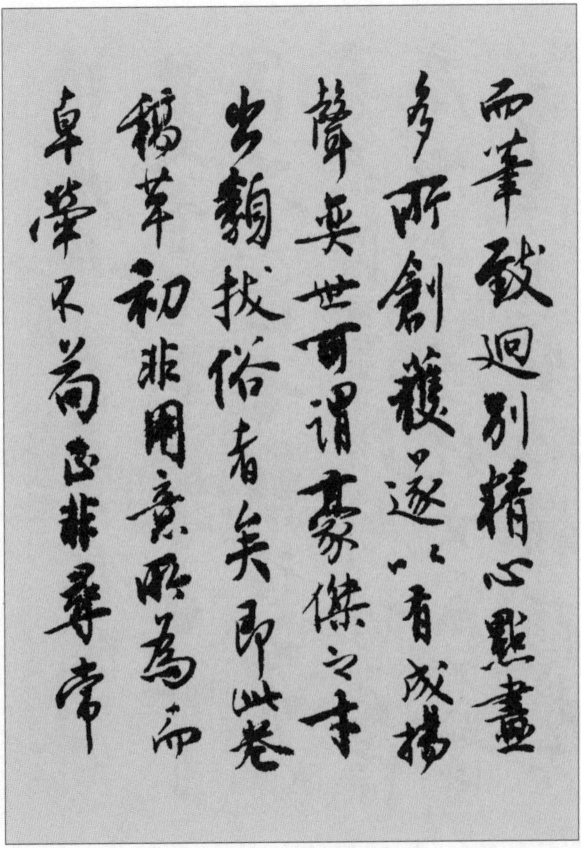
而筆致迴別精心點畫
多所創獲遂以有成揚
聲奕世可謂豪傑之士
出類拔俗者矣即此卷
稿草初非用意所為而
卓犖不苟志非尋常

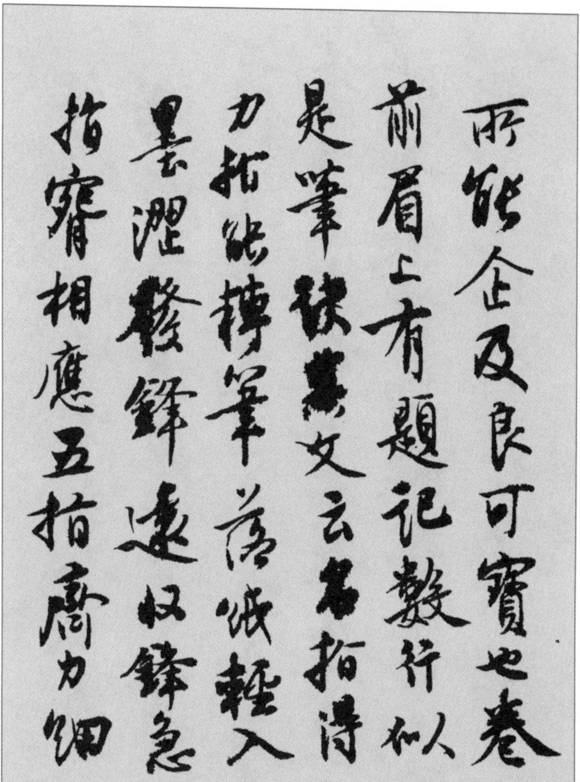

所能企及良可寶也卷
前眉上有題記數行如人
是筆訣其文云寫指得
力指能轉筆落紙輕入
墨澀發鋒遠收鋒急
指實相應五指齊力細

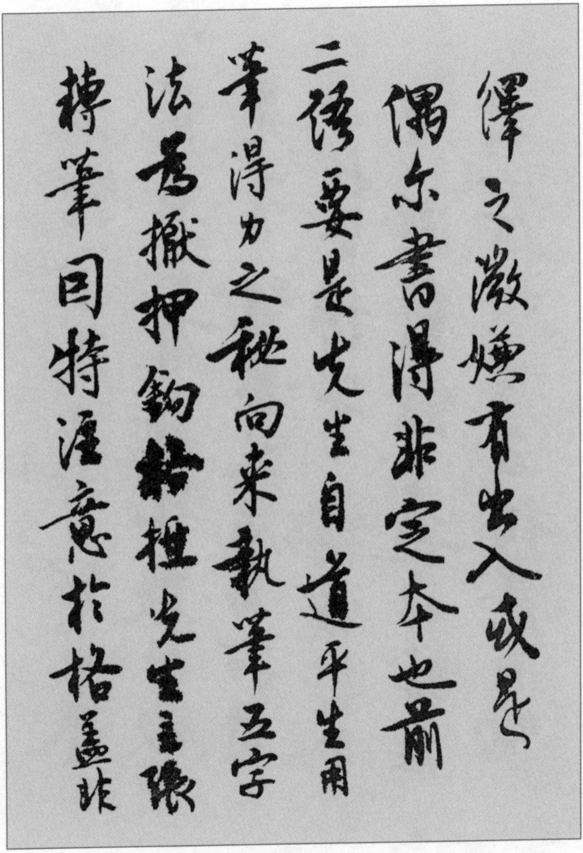
繹之徵孃有出入或是
偶示書得非定本也前
二語要是先生自道平生用
筆得力之秘向來執筆五字
法為擫押鉤揭抵先生兼環
搏筆曰特溢意於格蓋非

如此則筆轉時易出畫外故
也、惟其用持故不得不落紙
輕入墨瀝泥著作勢方有
把握之發鋒遠收鋒急二
語是其作字時刻刻自繩
之事有時合意有時則否

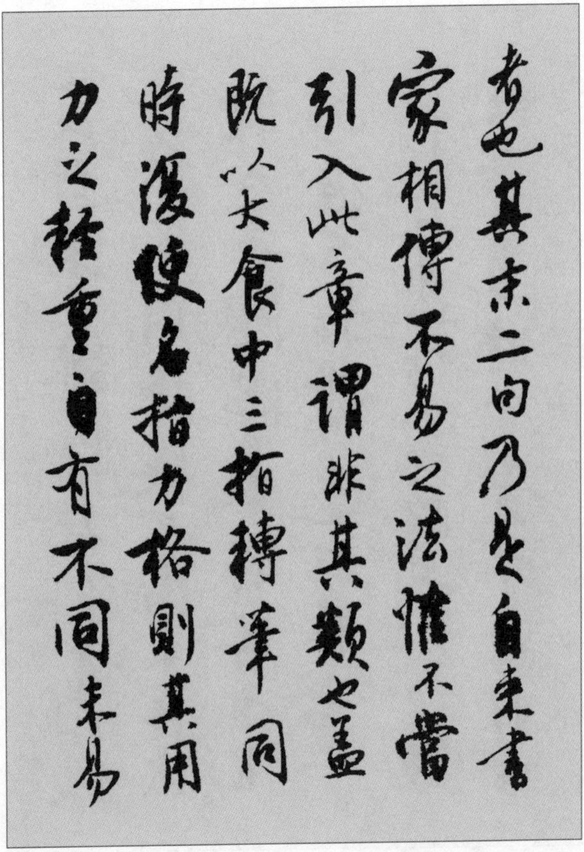
者也其末二句乃是自來書
家相傳不易之法惟不嘗
引入此章謂非其類也蓋
既以大食中三指轉筆同
時復使名指力格則其用
力之輕重自有不同未易

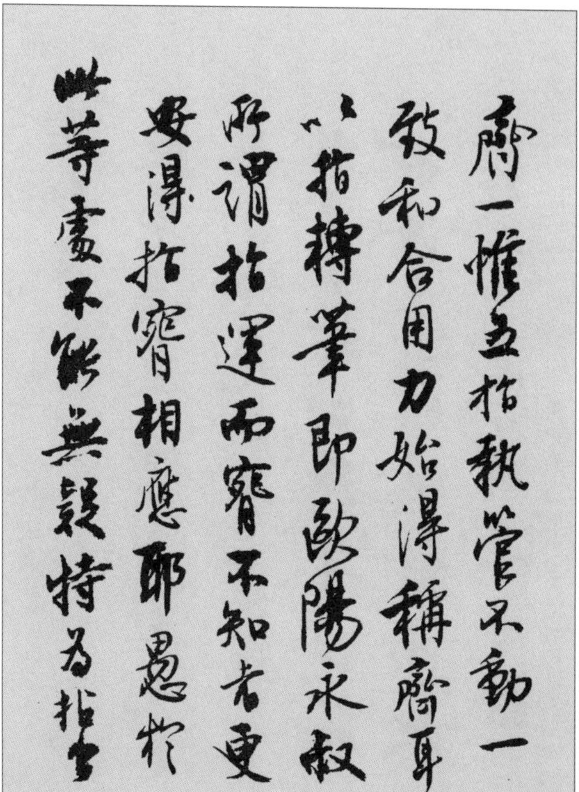
齊一惟五指執管不動一
致和合用力始得稱齊耳
以指轉筆即歐陽永叔
所謂指運而腕不知者更
安得指腕相應耶愚於
此等處不能無疑特為指出

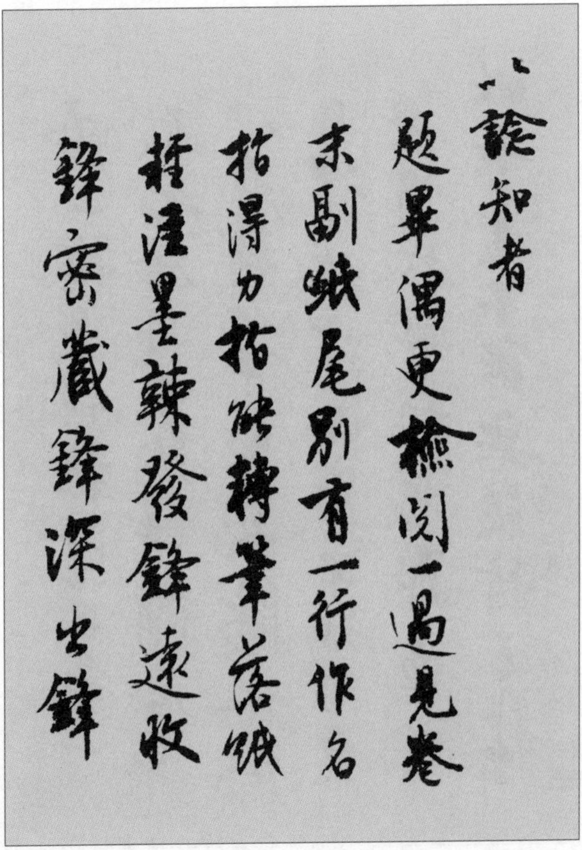
八、論知者
題畢偶更檢閱一過見卷
末副蛾尾別有一行作名
指得力指陂轉筆落紙
輕濃墨辣發鋒遠收
鋒密藏鋒深出鋒

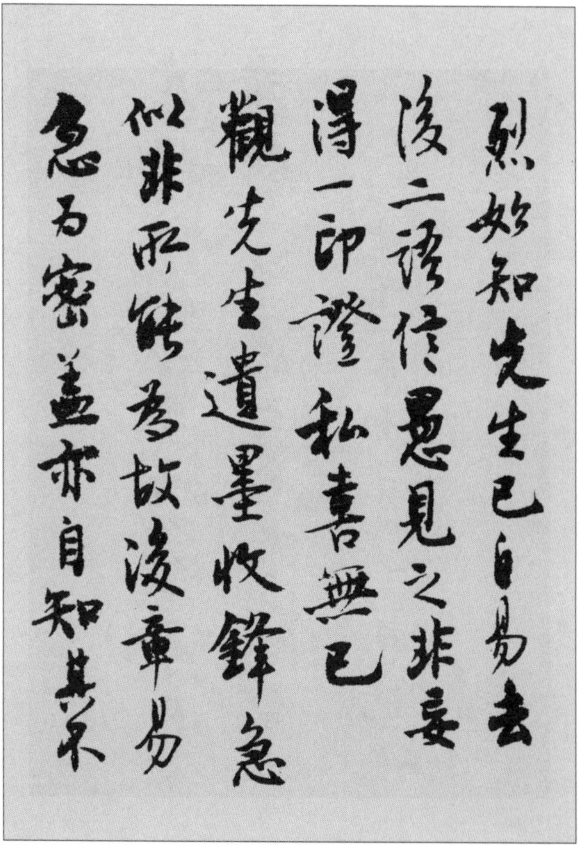

烈婦知先生已自易去
後二語信愚見之非妄
得一印證私書無已
觀先生遺墨收錄急
似非所能為故後章易
急為竄蓋亦自知其不

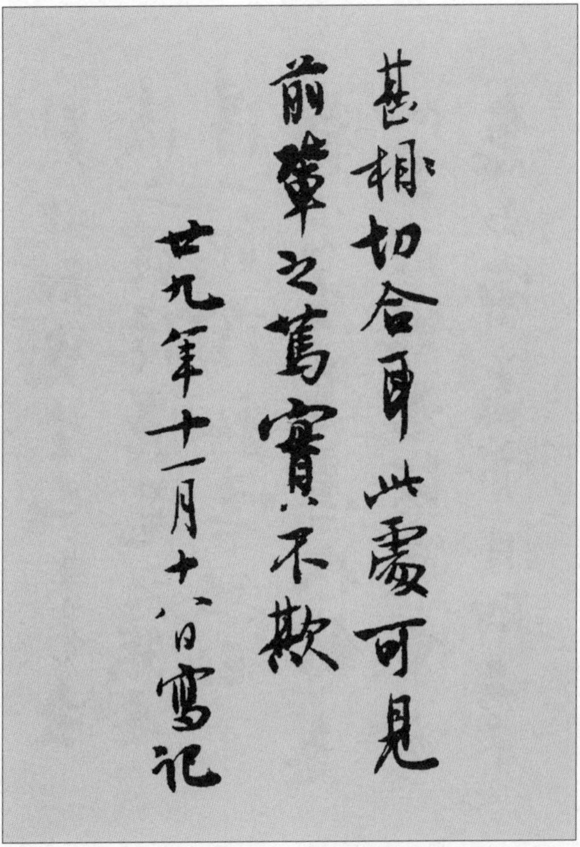
甚相切合此處可見
前輩之篤實不欺
廿九年十一月十八日寫記

運腕

指法講過了，還得要講腕法，就是黃山谷學書論所說的「腕隨己左右」。也就得連帶着講到全臂所起的作用。因為用筆不但要懂得執法，而且必須懂得運法。執是手指的職司，運是手腕的職司，兩者互相結合，才能完成用筆的任務。照着五字法執筆，手掌中心自然會虛着，這就做到了「指實掌虛」的規定。掌不但要虛，還得豎起來。掌能豎起，腕才能平；腕平肘才能自然而然的懸起，肘腕並起，腕才能夠活用（如執筆法四）。肘總比腕要懸得高一些。腕卻只要離案一指高低就行，甚至於再低一些也無妨。但是，不能將豎起來的手掌根部的兩個骨尖同時平放在案上，只要將兩個骨尖之一，交替着換來換去地切近案面（如執筆法五）。因之捉筆也不必過高，過高了，徒然多費力氣，於用筆不會增加多少好處的。這樣執筆是很合於手臂生理條件的。寫字和打太極拳有相通的地方，太極拳每當伸出手臂時，必須鬆肩垂肘，運筆也得要把肩鬆開才行，不然，全臂就要受到牽制，不能靈活往來；捉筆過高，全臂一定也須抬高，臂肘抬高過肩，肩必聳起，關節緊接，運用起來自然不夠靈活了。寫字不是變戲法，因難見巧是可以不必的啊！

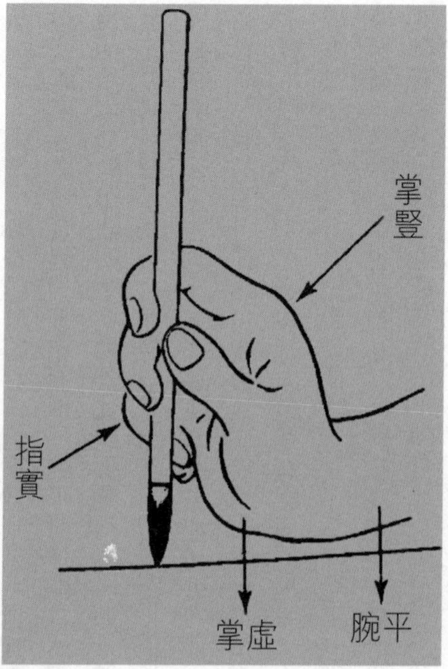

執筆法四

前人把懸肘、懸腕分開來講，小字只要懸腕，大字才用懸肘，其實，肘不懸起，就等於不曾懸腕，因為肘擱在案上，腕即使懸着，也不能隨己左右的靈活應用，這是不言而喻的事情。至有主張以左手墊在右腕下寫字，叫作枕腕，那妨礙更大，不可採用。

以上所說的指法、腕法，寫四五分以至五六寸大小的字是最適用的，過大了的字就不該死守這個執筆法則，就是用掌握管，亦無不

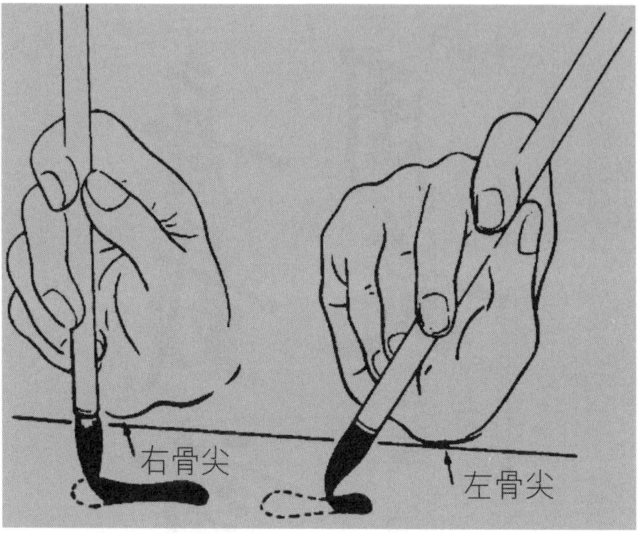

執筆法五

可。

蘇東坡記歐陽永叔論把筆云：「歐陽文忠公謂予當使指運而腕不知，此語最妙。」坊間刻本東坡題跋是這樣的，包世臣引用過也是這樣的。但檢商務印書館影印夷門廣牘本張紳《法書通釋》也引這一段文字，則作「予當使腕運而指不知」。我以為這一本是對的。因為東坡執筆是單鈎的（黃山谷曾經說過：「東坡不善雙鈎懸腕。」又說：「腕着而筆臥，故左秀而右枯。」這分明是單鈎執筆的證據。），這樣執筆的人，指是不容易轉動的（如

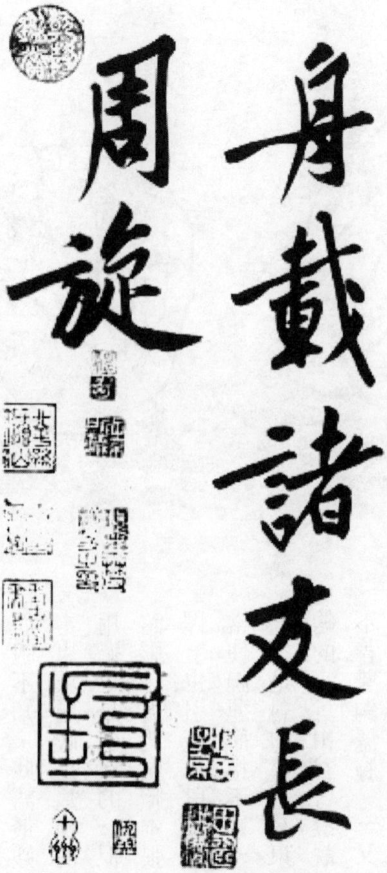

〔宋〕黃庭堅書《松風閣詩》

執筆法六、執筆法七）。再就歐陽永叔留下的字跡來看，骨力清勁，鋒芒峭利，也不像由轉指寫成的。我恐怕學者滋生疑惑，所以把我的意見附寫在這裏，以供參考。

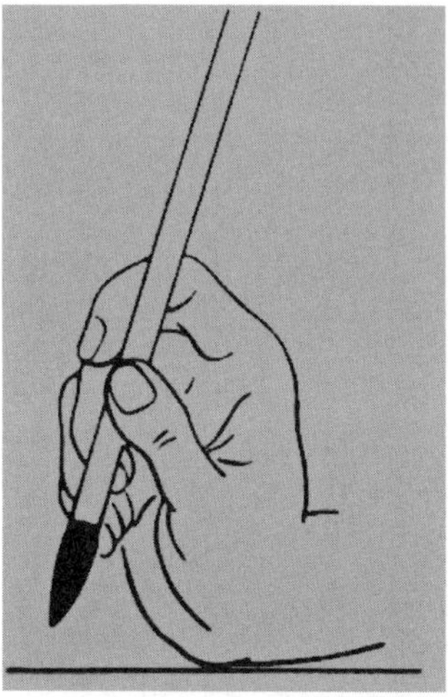
執筆法六

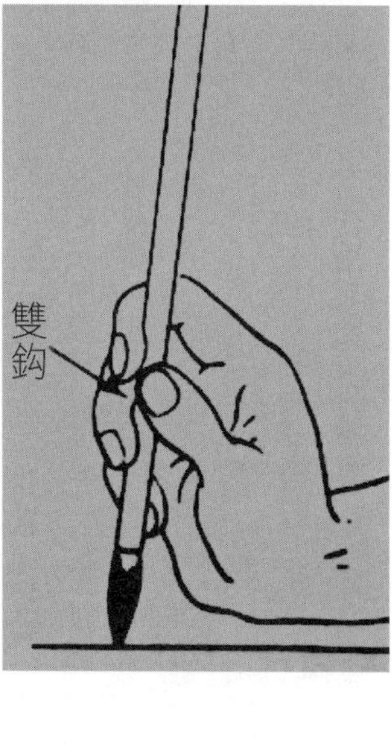

執筆法七

行筆

前人往往說行筆，這個行字，用來形容筆毫的動作是很妙的。筆毫在點畫中移動，好比人在道路上行走一樣，人行路時，兩腳必然一起一落，筆毫在點畫中移動，也得要一起一落才行。落就是將筆鋒按到紙上去，起就是將筆鋒提開來，這正是腕的唯一工作。但提和按必須隨時隨處相結合着：才按便提，才提便按，才會發生筆鋒永遠居中的作用。正如行路，腳才踏下，便須抬起，才抬起行，又要按下，如此動作，不得停止。

在這裏又說明了一個道理：筆畫不是平拖着過去的。因為平拖着過去，好像在沙盤上用竹筷畫字一樣，它是沒有粗細和淺深的。沒有粗細淺深的筆畫，也就沒有甚麼表情可言；中國書法卻是有各種各樣的表情的。米元章曾經這樣說過，「筆貴圓」，又說「字有八面」，這正如作畫要在平面上表現出立體來的意義相同。字必須能夠寫到不是平躺在紙上，而呈現出飛動着的氣勢，才有藝術價值。

再說，轉換處更需要懂得提和按，筆鋒才能順利地換轉了再放到適當的中間去，不致於扭起來。鋒若果和副毫扭在一起，就會失掉了鋒的用場，不但如此，萬毫齊力，平鋪紙上，也就不能做到。那麼，毛筆的長處便無法發展出來，不會利用它的長處，那就不算是寫字，等於亂塗一陣罷了。

前人關於書法，首重點畫用筆，次之才講間架結構。因為點畫中鋒的法度，是基本的，結構的長短、正斜、疏密是可以因時因人而變的，是隨意的。趙松雪說得對：「書法以用筆為上，而結字亦須用工，蓋結字因時相傳，用筆千古不易。」這是他臨獨孤本蘭亭帖跋中的話，前人有懷疑蘭亭十三跋者，以為它不可靠，我卻不贊同這樣說法，不知道他們所根據的是一些甚麼理由。這裏且不去討論它。

永字八法

我國自從造作書契，用來代替結繩的制度以後，人事一天一天地複雜起來，文字也就不能不隨着日常應用的需要，將筆畫過於繁重的，刪減變易，以求便利使用。小篆是由大篆簡化而成的；八分又是由小篆簡化而成，而且改圓形為方形；隸書又是八分的便捷形式。自今以後，無疑地，還會有進一步的簡化文字。分隸通行於漢代，魏晉有鍾繇、王羲之隸書各造其極（唐張懷瓘語）。鍾書刻石流傳至今的，

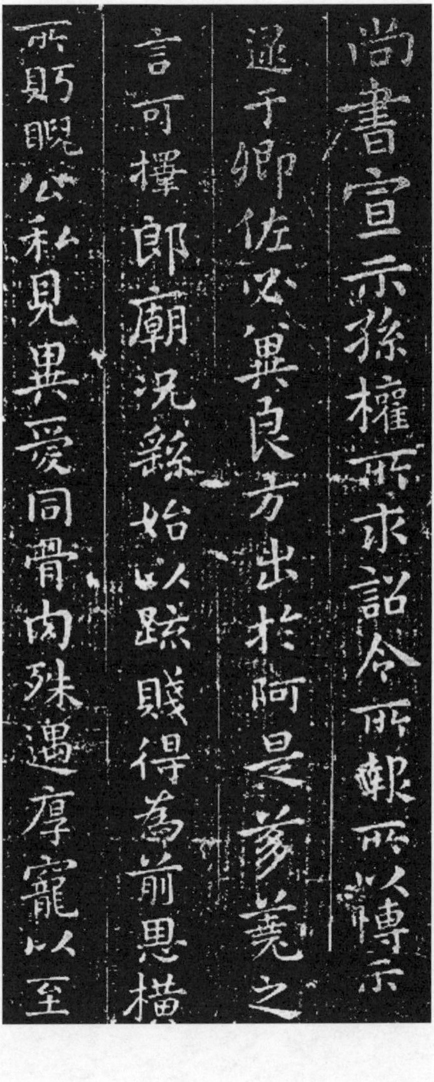
尚書宣示孫權所求詔令所報所以博示
逮于卿佐必冀良方出於阿是芻蕘之
言可擇郎廟況繇始以疏賤得為前思橫
所盱睨公私見異愛同骨肉殊遇厚寵以至

〔魏〕鍾繇楷書《宣示表》

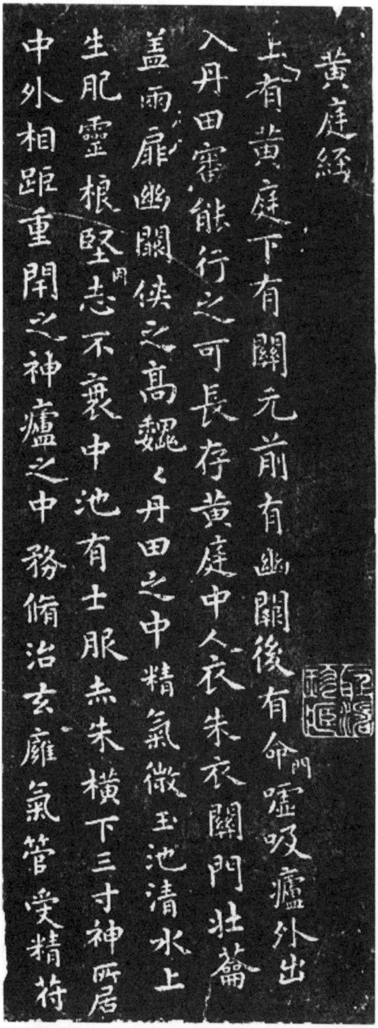
黃庭經
上有黃庭下有關元前有幽關後有命門噓吸廬外出
入丹田審能行之可長存黃庭中人衣朱衣關門壯籥
蓋兩扉幽闕俠之高巍巍丹田之中精氣微玉池清水上
生肥靈根堅固志不衰中池有士服赤朱橫下三寸神所居
中外相距重閉之神廬之中務脩治玄雍氣管受精符

〔晉〕王羲之楷書《黃庭經》

永字八法

有《宣示表》《力命》《薦季直表》諸帖，與現在的楷書一樣，不過結體古拙些。王羲之的《樂毅論》《黃庭經》《東方朔畫贊》《快雪時晴》諸帖，那就是後世奉為楷書的規範。所以有人把楷書又叫作今隸。唐朝韓方明說：「八法起於隸字之始，後漢崔子玉，歷鍾、王以下，傳授至於永禪師。」我們現在日常用的字體，還是楷書，因而有志學寫字的人，首先必須講明八法。在這裏，可以明白一樁事情：字的形體，雖然遞演遞變，一次比一次簡便得不少，但是筆法，卻加繁了些，楷書比之分隸，較為複雜，比篆書那就更加複雜。

字是由點畫構成的，八法就是八種筆畫的寫法。何以叫作永字八法？盧肇曾經這樣說過：「永字八法，乃點畫爾。」這話很對。前人因為字中最重要的八種筆畫形式，唯有永字大略備具，便用它來代替了概括的說明，而且使人容易記住。但是字的筆畫，實在不止八種，所以《翰林禁經》論永字八法，是這樣說：「古人用筆之術，多於永字取法，以其八法之勢，能通一切字也。」就是說，練習熟了這八種筆法，便能活用到其他形式的筆畫中去。一言以蔽之，無非是要做到「筆筆中鋒」地去寫成各個形式。八種筆畫之外，最要緊的就是戈法，書家認為斜鈎是難寫的一筆。不包括在永字形內的，還有心、乙、九、元、也、卩、力、句、阝、了等當中的「鈎」。

現在把《翰林禁經》論永字八法和近代包世臣《述書》中的一段文章，抄在下面：

> 點為側，側不得平其筆，當側筆就右為之；橫為勒，勒不得臥其筆，中高下兩頭，以筆心壓之；豎為努，努不宜直其筆，直則無力，立筆左偃而下，最要有力；挑為趯，趯須蹲鋒得勢而出，出則暗收；左上為策，策須斫筆背發而

仰收，則背斫仰策也，兩頭高，中以筆心舉之；左下為掠，掠者拂掠須迅，其鋒左出而欲利；右上為啄，啄者，如禽之啄物也，其筆不罨，以疾為勝；下為磔，磔者，不徐不疾，戰行顧卷，復駐而去之。

這是載在《翰林禁經》中的。掠就是撇，磔又叫作波，就是捺。至於這幾句話的詳細解釋，須再看包世臣的說明：

夫作點勢，在篆皆圓筆，在分皆平筆；既變為隸，圓平之筆，體勢不相入，故示其法曰側也。平橫為勒者，言作平橫，必勒其筆，逆鋒落字，捲（這個字不甚妥當，我以為應該用鋪字）毫右行，緩去急回；蓋勒字之義，強抑力制，愈收愈緊；又分書橫畫多不收鋒，云勒者，示畫之必收鋒也。後人為橫畫，順筆平過，失其法矣。直為努者，謂作直畫，必筆管逆向上，筆尖亦逆向上，平鋒着紙，盡力下行，有引弩兩端皆逆之勢，故名努也。鉤為趯者，如人之趯腳，其力初不在腳，猝然引起，而全力遂注腳尖，故鉤末斷不可作飄勢挫鋒，有失趯之義也。仰畫為策者，如以策（馬鞭子）策馬，用力在策本，得力在策末，着馬即起也；後人作仰橫，多尖鋒上拂，是策末未着馬也；又有順壓不復仰捲（我以為應當用趯字）者，是策既着馬而末不起，其策不警也。長撇為掠者，謂用努法，下引左行，而展筆如掠；後人撇端多尖穎斜拂，是當展而反斂，非掠之義，故其字飄浮無力也。短撇為啄者，如鳥之啄物，銳而且速，亦言其畫行以漸，而削如鳥啄也。捺為磔者，勒筆右行，鋪平筆鋒，盡力開散而急發也；後人或尚蘭葉之勢，波盡處猶裊娜再三，斯可笑矣。

包氏這個說明，比前人清楚得多，但他是主張轉指的，所以往往喜用捲毫裹鋒字樣，特為指出，以免疑惑。

筆勢和筆意

點畫要講筆法，為的是「筆筆中鋒」，因而這個法是不可變易的法，凡是書家都應該遵守的法。但是前人往往把筆勢也當作筆法看待，比如南齊張融，善草書，常自美其能。蕭道成（齊高帝）曾對他說：「卿書殊有骨力，但恨無二王法。」他回答說：「非恨臣無二王法，亦恨二王無臣法。」又如米元章說：「字有八面，唯尚真楷見之，大小各自有分。智永有八面，已少鍾法，丁道護、歐、虞筆始勻，古法亡矣。」以上所引蕭道成的話，實在是嫌張融的字有骨力，無丰神，二王法書，精研體勢，變古適今，既雄強，又妍媚，張融在這一點上，他的筆勢或者是與二王不類的，並不是筆法不合。米元章所說的「智永有八面，已少鍾法」中這個「法」字，也是指筆勢而言。智永是傳鍾、王筆法的人，豈有不合筆法之理，自然是體勢不同罷了，這是極其顯明易曉的事情。筆勢是在筆法的基礎上發展起來的，但是它因時代和人的性情而有古今、肥瘦、長短、曲直、方圓、平側、巧拙、和峻等各式各樣的不同，不像筆法那樣一致而不可變易。因此，必須要把「法」和「勢」二者區別開來，然後對於前人論書的言語，才能弄清楚，不至於迷惑而無所適從。

其次，還有筆意，須得談一談。既懂得了筆法，練熟了筆勢，不但奠定了寫字的基礎，而且從此會不斷地發展前進，精益求精。我們知道，字的起源，本來是由於仰觀俯察，取法於星雲、山川、草木、獸蹄、鳥跡各種形象而成的。因此，雖然字的造形是在紙上的，但是它的神情意趣，卻與紙墨以外的、自然環境中的一切動態有自相契合之處。所以看見挑擔的彼此爭路、船工撐上水船、樂伎的舞蹈、草蛇、

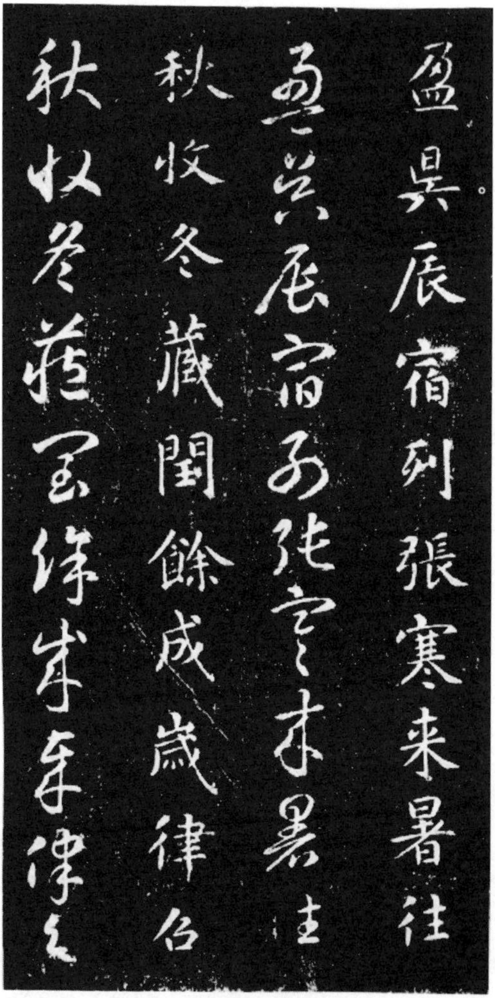
盈昃辰宿列張寒来暑往
盈昃辰宿列張寒来暑往
秋收冬藏閏餘成歲律呂
秋收冬藏閏餘成歲律呂

〔隋〕智永書《真草千字文》

灰線，甚至於聽見了江流洶湧的響聲，都會使善於寫字的人，得到很大的幫助。這個理由是可以理解的。因此，我現在把顏真卿和張旭關於鍾繇《書法十二意》的問答，抄在下面，使大家閱讀一下，是有益處的。

鍾繇《書法十二意》是：

平謂橫也，直謂縱也，均謂間也，密謂際也，鋒謂端也，力謂體也，輕謂屈也，決謂牽掣也，補謂不足也，損謂多餘也，巧謂佈置也，稱謂大小也。

顏真卿《述張長史筆法十二意》是：

金吾長史張公旭謂僕曰……「夫平謂橫，子知之乎？」僕曰：「嘗聞長史每令為一平畫，皆須橫縱有象，非此之謂乎？」長史曰：「然。」「直謂縱，子知之乎？」曰：「豈非直者必縱之，不令邪曲乎？」曰：「然。」「均謂間，子知之乎？」曰：「嘗蒙示以間不容光，其此之謂乎？」曰：「然。」「密謂際，子知之乎？」曰：「豈非築鋒下筆，皆令完成，不令疏乎？」曰：「然。」「鋒謂末，子知之乎？」曰：「豈非末已成畫，使鋒健乎？」曰：「然。」「力

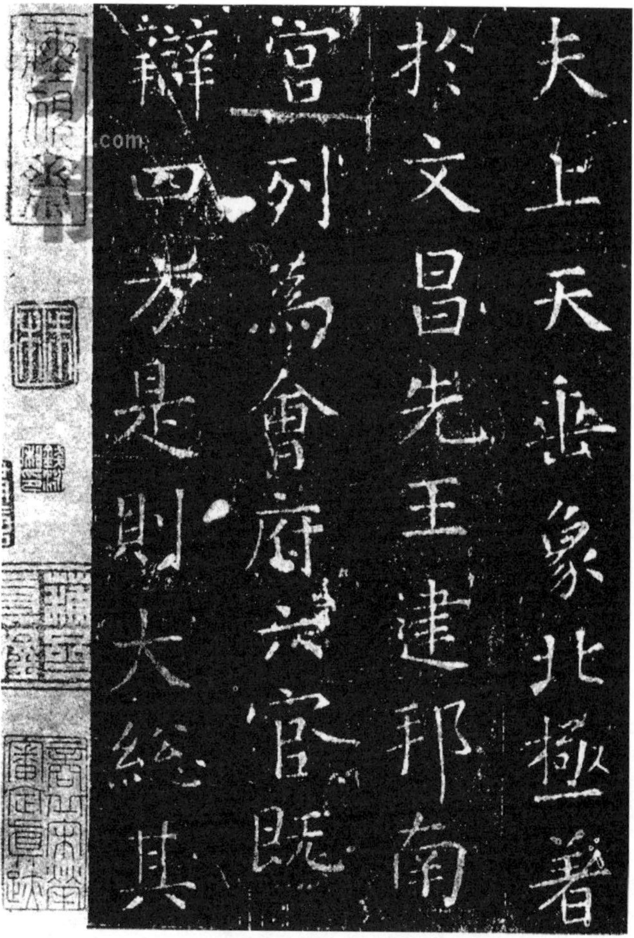
夫上天垂象北極著
於文昌先王建邦南
宮列爲會府設官既
辯四考是則大総其

〔唐〕張旭楷書《郎官石記》

謂骨體，子知之乎？」曰：「豈非趯筆則點畫皆有筋骨，字體自然雄媚乎？」曰：「然。」「輕謂曲折，子知之乎？」曰：「然。」曰：「豈非鈎筆轉角，折鋒輕過，亦謂轉角為暗過之謂乎？」曰：「然。」「決謂牽掣，子知之乎？」曰：「豈非牽掣為撇，鋭意挫鋒，使不怯滯，令險峻而成乎？」曰：「然。」「益為不足，子知之乎？」曰：「豈非結構點畫有失趣者，則以別點畫旁救之乎？」曰：「然。」「損謂有餘，子知之乎？」曰：「豈謂趣長筆短，然點畫不足，常使意氣有餘乎？」曰：「然。」「巧謂佈置，子知之乎？」曰：「豈非欲書，預想字形佈置，令其平穩，或意外生體，令有異勢乎？」曰：「然。」「稱謂大小，子知之乎？」曰：「豈非大字促令小，小字展令大，兼令茂密乎？」曰：「然。子言頗皆近之矣。……倘著巧思，思過半矣。工若精勤，當為妙筆。」曰：「幸蒙長史傳授用筆之法，敢問攻書之妙，何以得齊古人？」曰：「妙在執筆令其圓暢，勿使拘攣；其次識法；其次佈置，不慢不越，巧使合宜；其次紙筆精佳；其次變通適懷，縱捨掣奪，咸有規矩。五者既備，然後能齊古人。」

上面所引的文章，初看了，未免有些難懂，但是有志書法的人們，這一關必得要過的，必須耐性反覆去看，去體會，不要着急，今天不懂，明天再看，不厭不倦，繼續着看，今天懂一點，明天懂一點，總要看到全懂為止。凡人想學成一藝，就必須要有這樣鑽研的貫徹精神才行。

習字的方法

「工欲善其事，必先利其器。」這句老話，是極其有道理的。寫字時，必須先把筆安排好，紫毫、狼毫、羊毫，或者是兼毫都可以用，隨着各人的方便和喜愛。不過紫毫太不經用，而且太貴。不管是哪種筆，也不管是寫大字或者是寫小字的，都得先用清水把它洗通，使全個筆頭通開，洗通了，即刻用軟紙把毫內含水順毫擠擦乾淨，使筆頭恢復到原來的形狀，然後入墨使用。用畢後，仍須用清水將墨汁洗淨，擦乾。這樣做，不但下次用時方便，而且筆毫不傷，經久耐用。我們若是不會這樣使用毛筆，不但辜負了宋朝初年宣城筆工諸葛氏改進做法（散卓的做法）的苦心，也便不能發揮筆毫的長處。現在大家用的筆，就是散卓。推原改作散卓的用意，是嫌古式有心或無心的棗核筆，都是含墨量太小，使用起來，靈活性不大。這樣說來，使用散卓筆的人們，若果只發開半截筆頭，那麼，筆頭上半截最能蓄墨水的部份，不是等於虛設了嗎？又有人把長鋒羊毫筆頭上半截用線扎住，那也失掉了長鋒的用意，不如改用短鋒好了。他們的意見是：不扎住，筆腹入墨便會擴張開不好用；或者說通開了怕筆腰無力，不聽使喚。固然，粗製濫造的筆，是會有這樣的毛病，但我以為不可專埋怨筆，還得虛心考察一下，是否有別種緣故：或者是自己的指腕沒有好好練習過，缺少功夫，因而控制不住它；或者因為自己不會安排，往往用水把筆頭泡洗以後，不立刻用軟紙擦乾，就由它放在那裏，自然乾去，到下次入墨時，筆毫腰腹就會發生膨脹的現象。我是有這樣的實際經驗的。

我們常常聽見說「筆酣墨飽」，若果筆不通開，恐怕要實現這一句話是十分困難的。墨飽了筆才能酣，酣就是調達通暢，一致和合；筆毫沒有一根不是相互聯繫着而又根根離開着的，因而它是活的。當我們用合法的指腕來運用這樣的工具，將筆鋒穩而且準地時刻放在紙上每一點畫中間去，同時，副毫自然而然地平鋪着，墨水就不會溢出毫外，墨便是聚積起來的，便沒有漲墨的毛病了。不但如此，因為手腕不斷地提按轉換，墨色一定不會是一抹平的，是會有微妙到目力所不能明辨的不同程度的淺深強弱，光彩油然呈現出來，紙上字的筆畫便覺得顯著地圓而有四面，相互映帶着構成一幅立體的畫面。這就是前人說的有筆有墨。寫字的墨，應該濃淡適宜，我以為與其過濃，毋寧淡一些的好，因為過濃了，筆毫便欠靈活，不好使用。字寫得太肥了，被人叫作墨豬，這種毛病是怎樣發生的？這是因為不懂得筆法，不會使用中鋒，筆的鋒和副毫往往互相糾纏着，不能做到萬毫齊力，平鋪紙上，成了無筆之墨，一個一個地黑團團，比作多肉少骨的肥豬是再恰當不過的啊！

東坡書說：「書法備於正書，溢而為行草，未能正書而能行草，猶不能莊語而輒放言，無足取也。」這話很正確。習字必先從正楷學起，為的便於練習好一點一畫的用筆。點畫用筆要先從橫平豎直做起，譬如起房屋，必須先將橫樑直柱，搭得端正，然後牆壁窗門才好次第安排得齊齊整整，不然，就不能造成一座合用的房屋。橫畫落筆須直下，直畫落筆須橫下，這就是「直來橫受，橫來直受」的一定規矩。因為不是這樣，就不易得勢。你看鳥雀將要起飛，必定把兩翅先收合一下，然後張開飛起；打拳的人，預備出拳伸臂時，必先將拳向後引至脇旁，然後向前伸去，不然，就用不出力量來。欲左先右，欲下先上，一切點畫行筆，皆須如此。橫畫與捺畫，直畫與撇畫，是最相接近的，兩筆上端落筆方法，捺與橫，撇與直，大致相類，中段以下則各有所不同。捺畫一落筆便須上行，經過全捺五分之一或二，又須折而下行平過，到了全捺末尾一段時，將筆輕按，用肘平掣，趯筆出鋒，這就是前人所說的「一波三折」。撇畫一落筆即須向左微曲，筆心平壓，一直往左掠過，迅疾出鋒，意欲勁而婉，所以行筆既要暢，又要澀，最忌遲滯拖沓和輕虛飄浮。其他點畫，皆須按照側、趯、策、啄等字的字義，體會着去行使筆毫。還得要多找尋些前代書家墨跡作榜樣細看，不斷地努力學習，久而久之，自然可以得到心手相應的樂處。

習字必先從模擬入手，這是一定不移的開始辦法，但是，我不主張用薄紙或油紙蒙着字帖描寫，也不主張用九宮格紙寫字。這是為甚麼呢？因為模擬的辦法，只不過是為得使初學寫字的人，對照字帖，有所依傍，不致於無從着手，但是，切不可忘記了發展個人創造性這一件重要的事情。若果一味只知道依傍着寫，便會有礙於自運能力的自由發展；用九宮格紙寫成了習慣，也會對着一張白紙發慌，寫得不成章法。最好是，先將要開始臨摹的帖，仔細地從一點一畫多看幾遍，然後再對着它下筆臨寫，起初只要注意每一筆一畫的起訖，每筆都有其體會，都有了幾分相像了，就可注意到它們的配搭。開始時期中，必然感到有些困難，不會容易得到帖的好處，但是，經過了一個相當長的「心摹手追」的手腦並用時期，便能漸漸地和帖相接近了，再過了幾時，便會把前代書家的筆勢筆意和自己的腦和手的動作不知不覺地融合起來，即使離開了帖，獨立寫字，也會有幾分類似處，因為已經能夠活用它的筆勢和筆意了，必須做到這樣，才算是有些成績。

米元章以為「石刻不可學，必須真跡觀之，乃得趣」。因為一經刻過的字，總不免有些走樣，落筆處最容易為刻手刻壞，看不出是怎麼樣下筆的。下筆處卻是最關緊要的地方，就是「金針度與」的地方，這一處不清楚，學的人就要枉費許多揣摩工夫。可是，魏晉六朝的楷書，除了石刻以外，別無墨跡存世間，只有寫經卷子是墨跡，都是小楷字體。唐代書家楷書墨跡，褚遂良有大字《陰符經》和《兒寬贊》，顏真卿有《自書告身》，徐浩有《朱巨川告身》，柳公權有《題大令送梨帖》幾行小楷，此外只有一些寫經卷子而已。宋四家楷書只有蔡襄《跋顏書告身後》是墨跡。趙松雪楷書墨跡較多，如《三門記》《仇公墓誌》《膽巴碑》《殘本蘇州某禪院記》《汲黯傳》等。以上所記，學書人都應該反覆熟觀其用筆，以求了解他們筆法相同之處和筆勢筆意相異之處。至於日常臨摹之本，還得採用石刻。

一般寫字的人，總喜歡教人臨歐陽詢、虞世南的碑，我卻不大贊同，認為那不是初學可以臨仿的。歐、虞兩人在陳、隋時代已成名家，入唐都在六十歲以後，現在留下的碑刻，都是他們晚年極變化之妙的作品，往往長畫與短畫相間，長者不嫌

〔梁〕貝義淵書《蕭憺碑》

有餘，短者不覺不足，這非具有極其老練的手腕是無法做到的，初學也是無從去領會的。初學必須取體勢平正、筆畫勻長的來學，才能入手。

在這裏，試舉出幾種我認為宜於初學的，供臨習者採用。

六朝碑中，如梁貝義淵書《蕭憺碑》，魏鄭道昭書《鄭文公碑》《刁遵志》《大代華岳廟碑》，隋《龍藏寺碑》《元公》《姬氏》二志等；唐碑中，

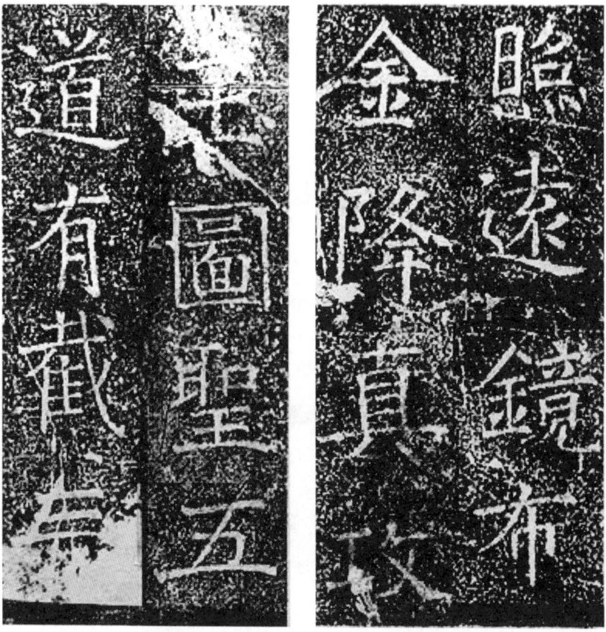

〔唐〕褚遂良書《伊闕佛龕之碑》

如褚遂良書《伊闕佛龕碑》和《孟法師碑》，王知敬書《李靖碑》，顏真卿書《東方朔畫贊》、大字《麻姑仙壇記》和柳公權書《李晟碑》等。

佳碑可學者甚多，不能一一舉出，如《張猛龍碑》《張黑女志》是和歐虞碑刻同樣奇變不易學，故從略。我是臨習《大代華岳廟碑》最後的，以其盡橫平豎直立能事，……不可學。

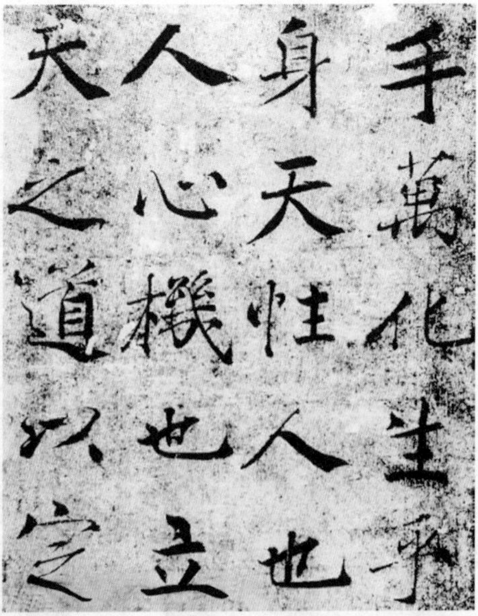

〔唐〕褚遂良書
《陰符經》

習字的益處

寫字必須端坐，脊樑豎直，胸膛敞開，兩肩放鬆，前人又說，「寫字先從安腳起」，這並不是說字的腳，而是說寫字人的腳，要平穩地踏放在地上。這些都是為使身體各部份保持正常活動關係，不讓它們失卻平衡，彼此發生障礙，然後才能血脈通暢，呼吸和平，身安意閒，動靜協調，想行便行，想止便止，眼前手下一切微妙的動作，隨時隨處都能夠照顧得周周到到。在這樣情況之下去伸紙學習寫字，就會逐步走入佳境，一切點畫形神，都很容易有深入的體會，不但字字得到了適當安排，連一個人的身心各方面也都得到了適當安排。一個忙於工作的人，不問是腦力勞動，或者是體力勞動，如果能夠在百忙中擠出一小時，甚至於半小時或二十分鐘的辰光也好，來照這樣練習一番，我相信不但於身體有好處，而且可以養成善於觀察、考慮、處理一切事情的敏鋭的和凝靜的頭腦。程明道曾經這樣説過：「某書字時甚敬，非是要字好，即此是學。」諸位看了，不要以為凡是宋儒的話，都不過是些道學先生腐氣騰騰的話，而不去理睬它，這是不恰當的。我以為這裏説的「敬」，就和「執事敬」的「敬」字意思一樣，用現代的話來解釋，便是全心全意地認真去做。因為不是這樣，便是做不好任何一樁事情的。米元章説「一日不書，便覺思澀」，可以見得，習字不但有關於身體的活動，而且有關於精神的活動的，這是愛好寫字的人所公認的事實。

我並沒有希望人人都能成為一個書家的意思，真正的書家不是單靠我們提倡一下就會產生出來的。不過只要人們肯略微注意一下書法，懂得它的一些重要意義，並且肯經過一番執筆法的練習的話，依我的經驗説來，不但字體會寫得好看些，而且能夠寫得快些，寫的時間能夠持久些，因而就能夠多寫些，這豈不是對於日常應用也是有好處，是值得提倡的一件事情嗎！字的用場，實在是太廣泛了，如彼此通信、工作報告、考試答案、宣傳寫作、處所題名、物品標誌等等，寫得漂亮一點，就格外會使得接觸到的人們意興快暢些，更願意接受些。我想，一般愛好藝術的人們，若是看到了任何上面題着有意義的文句而且是漂亮的字跡，一定會產生快感。

去年接到了一封來信，是浙東白馬湖春暉中學三位同學寫的，是來問我關於書法上的幾個問題的。信上說他們看到了我所寫的談書法的文章後，增加了學習書法的興趣，再提出幾個問題，要我答覆。他們是這樣寫的：「一、書法究竟是不是祖國優秀的文化遺產的一部份？二、如果是，是否應該很好地愛護它，把它發揚光大？三、書法究竟是不是過去統治階級提倡的，還是人民大眾所提倡的？四、書法是不是值得學習？應該怎樣學習？學到怎樣地步才算合標準？」第一、二、四等三個問題，已經在上面幾章中講過了，現在專就第三個問題，解答如下：

文字和語言一樣，是一種人類交流思想所用的工具，它是沒有階級性的，它雖可以為統治階級服務，但也可以為人民大眾服務。現在人民翻了身，當家做主了，承受先民文化遺產，正是我們無可推諉的責任，我們對於書法的提倡和愛護，也就是為要盡這一份責任。還有人以為勞動大眾不懂得欣賞名畫書法，這也是錯誤的想法。要知道勞動人民並非生來文化水準低，而是過去一直被剝奪了受教育權利的緣故。我相信，人民大眾欣賞書畫的能力，同欣賞音樂、戲劇一樣，是必然會普遍地一日比一日增高的。五年以來勞動人民文化生活水平的提高，便是明例。

再說一件事，清朝到了乾隆時代，有一種烏、方、光的字體，就是所謂「館閣體」，這卻是專為寫給皇帝看的大卷和白折而造成；近百年來，已為一般人士所鄙視。鄧石如、包世臣他們提倡寫漢魏六朝碑版，目的就是反對這種字體。我們在今日，寫字主張整齊勻淨，是可以的，卻不可以將歷代傳統的法書一筆抹殺，而反向「館閣體」看齊。這是我對於書法的意見。

書家和善書者

「古之善書，往往不知筆法。」前人是這樣說過。就寫字的初期來說，這句話，是可以理解的，正同音韻一樣，四聲清濁，是不能為晉宋以前的文人所熟悉的，他們作文，只求口吻調利而已。但在今天看來，就很覺得奇怪，既說他不懂得筆法，何以又稱他為善書者呢？這種說法，實在容易引起後來學者不重視筆法的弊病。可是，事實的確是這樣的。前面已經講過，筆法不是某一個人憑空創造出來的，而是由寫字的人們逐漸地在寫字的點畫過程中，發現了它，因而很好地去認真利用它，彼此傳授，成為一定必守的規律。由此可知，書家和非書家的區別，在初期是不會有的。寫字發展到相當興盛之後（尤其到唐代），愛好寫字的人們，一天比一天多了起來，就產生出一批好奇立異，相信自己，不大願意守法的人，分成許多派別，各人使用各人的手法，各人創立各人所願意的規則，並且傳授及別人。凡是人為的規則，它本身與實際必然不能十分相契合，因而它是空洞的、缺少生命力的，因而也就不會具有普遍的、永久的活動性，因而也就不可能使人人都滿意地沿用着它而發生效力。在這裏，自然而然地便有書家和非書家的分別明顯出來了。有天份、有修養的人們，往往依他自己的手法，也可能寫出一筆可看的字，但是詳細檢察一下它的點畫，有時與筆法偶然暗合，有時則不然，尤其是不能各種皆工。既是這樣，我們自然無法以書家看待他們，至多只能稱之為善書者。講到書家，那就得精通八法，無論是端楷，或者是行草，它的點畫使轉，處處皆須合法，不能絲毫苟且從事，你只要看一看二王、歐、虞、褚、顏諸家遺留下來的成績，就可以明白，如果拿書和畫來相比着看，書家的書，就好比精通六法的畫師的畫，善書者的書，就好比文人的寫意畫。善書者的書，正如文人畫，也有它的風致可愛處，但不能學，只能參觀，以博其趣。其實這也是寫字發展過程中，不可避免的現象。

六朝及唐人寫經，風格雖不甚高，但是點畫不失法度，它自成為一種經生體，比之後代善書者的字體，要謹嚴得多。宋代的蘇東坡，大家都承認他是個書家，但他因天份過高，放任不羈，執筆單鈎，已為當時所非議。他自己曾經說過：「我書意造本無法。」黃山谷也嘗說他「往往有意到筆不到處」。就這一點來看，他又是一個道地的不拘拘於法度的善書的典型人物，因而成為後來學書人不須要講究筆法的藉口。我們要知道，沒有過人的天份，就想從東坡的意造入手，那是毫無成就可期的。我嘗看見東坡畫的枯樹竹石橫幅，十分外行，但極有天趣，米元章在後邊題了一首詩，頗有相互發揮之妙。這為文人大開了一個方便之門，也因此把守法度的好習慣，破壞無遺。自元以來，書畫都江河日下，到了明清兩代，可看的書畫就越來越少了。一個人一味地從心所欲做事，本來是一事無成的。但若是能做到從心所欲不逾矩（自然不是意造的矩）的程度，那卻是最高的進境。寫字的人，也須要做到這樣，不是這樣，便為法度所拘，那也無足取了。

一九五五年五月

沈尹默手跡二一：《禁經永字八法》

禁經永字八法

古人用筆之術多於永字取法以其八法之勢能通一切字也學者宜潛心焉

點為側　横為勒　豎為努

挑為趯　左上為策　左下

為掠

右上為啄

右下為磔

側蹲鴟而墜石

勒緩縱以藏機

努彎環而勢曲

趯峻快以如錐

策依稀而似勒

掠彷彿以宜肥

啄騰凌而速進

磔抑惜以遲移
側不媿卧 勒常患病 努直
過而力敗 趯直峻而勢生
策仰收而暗揭 掠左出而鋒
輕 啄倉皇而疾掩 磔趯趞
而開撐

側不得平其筆常側筆就右為之口訣云先右揭其腕次輕蹲其鋒取勢緊則乘機頓挫借勢出之疾則失中過又成俗側鋒顧右借勢輕揭潛出務於勒也或問不言點而言側何也曰

筆鋒顧右審其勢險而側之
故名側也亡言點而不明顧
右無存鋒向背墜墨之勢著
左顧右側則側無方故側不
險而失於鈍鈍則芒角隱而
書之神格喪矣筆訣云側者

側下其筆使墨精暗墜徐乃
反揭則稜利矣
勒不得卧其筆中高下兩頭以
筆心壓之口訣云頭傍鋒仰策
次迅收著一出揭筆不趯而暗
收則薄員而疏筆無力矣勒筆

鋒似及於紙須微盡仰策峻趯
或問不言畫而言勒何也曰
勒者趯筆而行承其虛畫取
其勁澀則功成矣不言畫者
應在不趯一出便畫則鋒拳
而怯薄也筆訣云策筆須仰

仰筆覆收準此則形勢自章

矣

努不宜直其筆直則無力立筆

左偃而下最要有力口訣云凡

榜卷微曲蹙筆累趯而進之直

則衆勢失力滯則神氣怯散夫

努
須側鋒顧右潛趯輕挫則揭
或問畫者中心豎畫也令謂
之努何也曰努者勢微努在
乎趯筆下行若直置其畫則
形圓勢質為書之病也筆訣
云努筆之法豎筆徐行近左

引勢勢不欲直直則無力矣
趯須蹲鋒得勢而出出則暗收
又云前畫卷則別斂心而出之
口訣云傍鋒輕揭借勢勢不勒
筆不措則意不深趯與挑一也
鋒貴於澀出適期於倒收所謂

欲挑還置也夫趯自努出潛鋒
輕挫借勢而趯之
或問凡字出鋒謂之挑此言
趯何也曰趯者語之小異耳
以筆鋒去而言之趯自努畫
收鋒豎筆潛勁借勢而趯之

筆訣云是即努筆下殺筆趯
起也法須挫衂轉筆出鋒佇
思消息則神蹤不墜也
策須研筆背發而仰收則背斫
仰策也兩頭高中以筆心擧之
口訣云仰筆潛鋒以鱗勒之法

揭腕趯勢於右潛鋒之要在畫
勢暗鋒捷歸於右也夫策筆仰
鋒豎趯微勁借勢峻顧於掠也
文作策法指擡筆上
或問策一名折異畫今謂之
策何也曰仰筆趯鋒輕擡而

進故曰策也善及紙便畫不
務遲澀向背偃仰者此備畫
究成耳筆訣云始築鋒而仰
策徐轉筆以成形是也
掠者拂掠須迅其鋒左出而欲
利又云微曲而下筆心至卷處

口訣云掣過謂之掠借於策勢
以輕駐鋒右揭其腕加以迅出
勢旋於左法在澀而勁意欲暢
而遲腕留則傷於緩滯夫側鋒
左出謂之掠
或問掠一名分發今稱為掠

何也曰掠乃疾徐有準手隨
筆遣鋒自左出取險勁盡而
為節蔟則一出運用無的故
掠之精旨可守也孫過庭云
遣不常速筆訣云從策筆下
左出而鋒利不墜則自然佳

矣
啄者如禽之啄物也其筆不罨
以疾為勝口訣云右上左之勢
為卷啄按筆蹲鋒潛蹙於右借
勢收鋒迅擲旋左須精險衄去
之不可緩滯夫筆鋒及啄為啄

勢候其勢盡而磔之
或問發波謂之磔何也曰義
波之筆循古無迹凡磔若左
顧右則勢鈍矣趯重鋒緩則
勢肥須遒勁而遲澀之筆訣
云始入筆緊築而激仰便下

徐行勢足而後磔之其筆或
藏鋒或出鋒緣人心之好為
之也

學書人有不作永字八法者是八法
中未包含戈法且永字於勒亦難求
盡其勢也誠為之讓情度前賢用

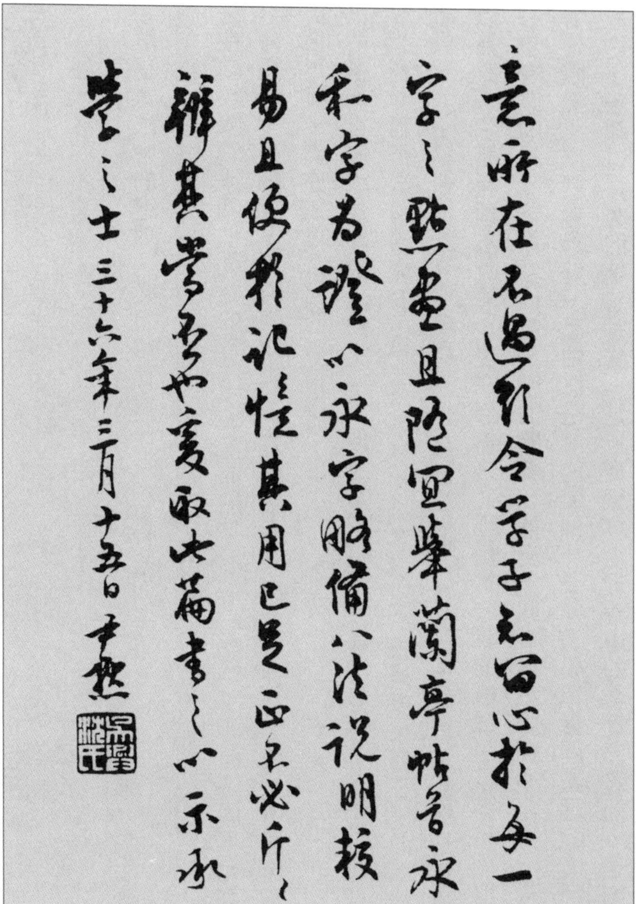
意所在君能知令学子知留心於每一
字之點畫且臨宜摹蘭亭帖看永
字為證以永字賅備八法說明較
易且便於記憶其用已見正文必斤斤
辨其常變也爰取此篇書之以示承
學之士 三十六年三月十五日

學書叢話

要了解得書法中的道理，必須切實耐性下一番寫字功夫。近幾年來，四方愛好書學的人們，不以我為不敏，時常寫信來詢問和商討，其中不少是在學校攻讀或其他從業的青年。有些問題，要一一詳答，非但時間不允許。精力也不夠應付，略為解說，仍難分曉，又等於不說。因此，往往久置，不能作答，致遭到許多責難，實亦無可奈何的事情。

我以前雖然寫過幾篇論書法的文字，但還是說得不夠通曉透徹。去年學術月刊社同人要我寫一篇書法論，遂分為筆法、筆勢和筆意三段，根據歷來傳下來的說法，或加以證成，或予以糾彈，皆以己意為之，總成一篇，略具條貫，也不能纖細無遺，讀者仍以為難曉，要我別為疏解。現在想借《文匯報》給我的機會，零零星星地寫一些與書學有關的小文，作為以前文字的闡發和補充。此事雖小，實亦非易，若果希望一看便瞭然，字就會寫好，恐怕還是無法辦到，要知書學單靠閱讀理論文字，而不曾經過一番艱苦持久的練習實踐，是無從理會得理論中的真實涵義的，正如空

1957年，沈尹默和《文藝報》副刊《筆會》編輯徐開壘交談《五字執筆法》要訣。

談食物之味美而不去咀嚼一樣。禪宗祖師達摩有幾句話，卻說得好：「明道者多，行道者少，說理者多，通理者少。」玩味他的語意，可謂切中時弊。想要精通書法這一門藝術的人，也得要不但能明它，而且必須要行它，不但能說，而且要照所說行得通。這也就是現在所說的理論須用實踐證明的道理，因為實踐是真理的標準。書法的理論，大家知道，它也是歷來學書的人從不斷辛勤勞動中摸索體驗得來的，後人要真懂得它，真能應用它，除了也從摸索練習中去仔細探究，是沒有其他更為捷便的途徑的。

我現在想先把以前自學的經過，扼要地敍述一下，以供青年們的參證，然後再就前人留下來的成績和言論，用淺顯的詞句，詳為講說，並附以圖片，這樣做，或者有一點用處。這裏所說的參證，真正只不過作為參證之用，不是要人家完全照我的樣子去做，各人是有各人適宜的辦法，很難強同，而且必須在自覺自願的原則下去發心學習，才能行得通，才能持久下去。

自習的回憶

(一)

我的祖父和父親都能書，祖父雖不及見，而他的遺墨，在幼小時即知愛玩，他是用力於顏行而參之以董玄宰的風格。父親喜歡歐陽信本書，中年浸淫於北朝碑版，時亦用趙松雪法，他老人家忙於公務，不曾親自教過我寫字，但是受到了不少的熏染。記得在十二三歲時，塾師寧鄉吳老夫子是個黃敬輿太史的崇拜者，一開始就教我臨摹黃書《醴泉銘》，不辨美惡地依樣畫着葫蘆。有一次，夏天的夜間，在祖母房裏溫課，寫大楷，父親忽然走進來，很高興地看我們寫字，他便拿起筆來在仿紙上寫了幾個字，我看他的字挺勁遒麗，很和歐陽詢《醴泉銘》相近，不像黃太史體，我就問，為甚麼不照他的樣子寫？父親很簡單地回答，我不必照他的樣子。這才領會到黃字有問題。從此以後，把家中有的碑帖，取來細看，並不時抽空去臨寫。我對於葉蔗田所刻的《耕霞館帖》最為欣賞，因為這部帖中所收的自鍾、王以至唐宋元明清諸名家都有一點，已經夠我取法，寫字的興趣也就濃厚起來。這是我入門第一階段。

十五歲以後，已能為人書扇，父親又教我去學篆書，用鄧石如所寫《張子西銘》為模範，但沒有能夠寫成功。二十歲後，在西安，與蔡師愚相識，他大事宣傳包安吳學說；又遇見王魯生，他以一本《爨龍顏碑》相贈，沒有好好地去學；又遇到仇淶之先生，愛其字流利生動，往往用長穎羊毫仿為之。二十五歲以前皆作此體。

（二）

二十五歲由長安移家回浙江，在杭州遇見一位安徽朋友，第一面一開口就向我說：「昨天看見你寫的一首詩，詩很好，字則其俗在骨。」這句話初聽到，實在有點刺耳。但仔細想一想，確實不差，應該痛改前非，從新學起。於是想起了師愚的話，把安吳《藝舟雙楫》論書部份，仔仔細細地看一番，能懂的地方，就照着去做。首先從指實掌虛，掌豎腕平執筆做起，每日取一刀尺八紙，用大羊毫蘸着淡墨，臨寫漢碑，一紙一字，等它乾透，再和墨使稍濃，一張寫四字，再等乾後，翻轉來隨便不拘大小，寫滿為止。如是不間斷者兩三年，然後能懸腕作字，字畫也稍能平正。這時已經是二十九歲了。

一九一三年到了北京，始一意臨學北碑，從龍門二十品入手，而《爨寶子》《爨龍顏》《鄭文公》《刁遵志》《崔敬邕》等，尤其愛寫《張猛龍碑》，但着意於畫平豎直，遂取《大代華岳廟碑》，刻意臨摹，每作一橫，輒屏氣為之，橫成始敢暢意呼吸，繼續行之，幾達三四年之久。嗣後得元魏新出土碑碣，如《元顯儁》《元彥》諸志，都所愛臨。《敬使君》《蘇孝慈》則在陝南時即臨寫過，但不專耳。在這期間，除寫信外，不常以行書應人請求，多半是寫正書，這是為得要徹底洗刷乾淨以前行草所沾染上的俗氣的緣故。一直寫北朝碑，到了一九三〇年，才覺得腕下有力。於是再開始學寫行草，從米南宮經過智永、虞世南、褚遂良、懷仁等人，上溯二王書。因為在這時期買得了米老《七帖》真跡照片。又得到獻之《中秋帖》、王珣《伯遠帖》及日本所藏右軍《喪亂》《孔侍中》等帖拓本（陳隋人拓書精妙，只下真跡一等）的照片；又能時常到故宮博物院去看唐宋以來法書手跡，得到啓示，受益匪淺。同時，遍臨褚遂良各碑，始識得唐代規模。這是從新改學後，獲得了第一步的成績。

一九三二年回到上海，繼續用功習褚書，明白了褚公晚年所書《雁塔聖教序記》與《禮器碑》的血脈關係，也認準了《枯樹賦》是米書所從出，且疑世間傳本，已是米老所臨摹者，非褚原跡。但宋以前人臨書，必求逼真，非如後世以遺貌取神為高，信手寫成者可比，即謂此是從褚書原跡來，似無不可。

學褚書同時，也間或臨習其他唐人書，如陸柬之、李邕、徐浩、賀知章、孫過庭、張從申、范的等人，以及五代的楊凝式《韭花帖》《步虛詞》、宋李建中《土母帖》、薛紹彭《雜書帖》，元代趙孟頫、鮮于樞諸名家墨跡。尤其對於唐太宗《溫泉銘》，用了一番力量，因為他們都是二王嫡系，二王墨跡，世無傳者，不得不在此等處討消息。《蘭亭禊帖》雖也臨寫，但不易上手。於明代文衡山書，也學過一時；董玄宰卻少學習。

回到上海的那一年，眼病大發，整整一年多，不能看書寫字。第二年眼力開始恢復，便忍不住要寫字，不到幾個月就寫了二三百幅，選出了一百幅，開了一次展覽會，懸掛起來一看，毛病實在太多了。從此以後，規定每次寫成一幅，必逐字逐畫，詳細地檢查一過，點畫筆勢有不合法處，就牢牢記住，下次寫時，必須改正，一次改不了，兩次必須改，如此做了十餘年，沒有放鬆過，直到現在，認真寫字，還是要經過檢查才放手。

（三）

一九三九年離開上海，到了重慶，有一段很空閒的時期，眼病也好了些，把身邊攜帶着的米老《七帖》照片，時時把玩，對於帖中「惜無索靖真跡，觀其下筆處」一語，若有領悟，就是他不說用筆，而說下筆。這一「下」字，很有分寸。我就依照他的指示，去看他《七帖》中所有的字，每一個下筆處，都注意到，始恍然大悟，

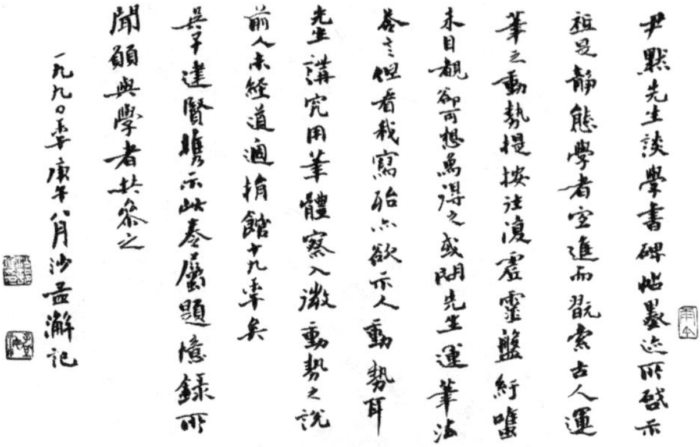

沙孟海行書沈尹默遺墨跋

這就是從來所說的用筆之法，非如此，筆鋒就不能夠中，非如此，牽絲就不容易對頭，筆勢往來就不合。明白了這個道理，去着手隨意遍臨歷代名家法書，細心地求其所向，發現了所同者，恰恰是下筆皆如此，這就是中鋒，不可不從同，其他皆不妨存異。那時適有人送來故宮所印《八柱蘭亭三種》，一是虞臨本，一是褚臨本，一是唐摹書人響拓本，手邊還有《白雲居》米臨本，遂發奮臨學，漸能上手，但仍嫌拘束，未能盡其寬博之趣。又補臨《張黑女志》，識得了何貞老受病處。又得見褚書大字《陰符經》真跡印本，以其與書《伊闕佛龕碑》同一時期，取來對勘，《伊闕》用筆，始能明顯呈露。又臨柳公權書《李晟碑》數過，柳書此碑，

沈尹默在讀書

與其跋《送梨帖》後，相隔只一年，我從他題跋的幾行真跡中，得到了他的用筆法，用它去臨《李晟碑》字，始能不為拓洗損毀處所誤。這一階段，對於書法的意義，能有了進一步的體會與認識，因之開始試寫了一篇論書法的文字，分清了五字執筆法與四字撥鐙法的混淆。

抗戰勝利後，仍回到上海，過着賣字生涯，更有機會努力習字，於歐陽信本、顏魯公、懷素、蘇東坡、黃山谷、蔡君謨、米南宮諸人書，皆所致力，尤其於歐陽草書《千字文》及懷素小草《千字文》，若各有所得，發現他們用筆有一拓直下和非一拓直下（行筆有起伏輕重疾徐）之分，歐陽屬於前者，懷素屬於後者，前者是二王以來舊法，後者是張長史、顏魯公以後的新法。我是這樣體會着，不知是否，還得請教海內方家。

我是一個獨學而無師友指導幫助的人，因此，不免要走無數彎路；但也有一點好處，成見要比別人少一些。我於當今雖無所師承，而人人卻都是我的先生。我記得在湖州時，有人傳説汪淵若的寫字秘訣，是筆不離紙，紙不寓筆，又聽見人説李梅庵寫字方法是無一米粟處不曲。我聽過後，就在古人法書中找印證。同時在汪李兩君字體中找印證。結果我知道，這兩種説法，的確是寫字的要訣，但是兩君只是能説出來，而自家做到的卻都不是，因為「不離」不是拖着走，「無處不曲」不是用手指捻着使它曲，而必須做到曲而有直體，如河流一般，水勢流直而波紋則曲。此法在山谷字畫中最為顯著。

從十五歲到現在，計算一下，已經整整經過六十年了，經過這樣漫長的歲月學習，所成就者僅僅如此，對人對己，皆説不過去。這兩年來，補讀些未曾讀過的書，思想有了一些進步，寫字方面，雖不如從前專一，但覺得比以前開悟不少，或者還可以有一點進益，也未可知。俗語說得好，學到老，學不了。所以我不能自滿，不敢不勉。

幾個問題的回答

（一）

近來有人問：「你是怎樣把字寫好了的？」我以為，前面一段自學回憶的敍述，不言而喻，就是這一問題的具體答案。但是，現在再來概括地說明一下，也不是沒有用處。首先，我一向把寫字這個工作，當作日常生活中一部份分內應該去做的事情來看待的，和其他學習以及修持身心等等一樣，見賢思齊，聞過必改，所以既便寫一兩行字，都不敢苟且從事，必須端正坐好，依法執筆去寫。這樣，並不是出於求名求利希圖成家的念頭，也不是盲從「心正筆正」的說法，而只是要盡到自己的本分，才覺得對得起自己，如此而已。其次，認為這件事是終身事業，不可能求其速成，只能本着前人所說的「寬着期限，緊着課程」的辦法，不厭倦，不間斷地耐心去做到老。再就是一向下定決心，多經眼，多動手，以求養成能夠真正虛心接受一切的習慣，好將那些成見、偏見去得乾淨，庶幾乎不致為一時的愛憎私意所蒙，才能夠漸漸地看清楚了前人遺跡的長處和短處，在這裏，就遇到了無數良師的指點，供我取法，不規規然株守一家之言，而得到轉益多師之益，由博而約，約始可守。我在這樣實踐中，從來不曾忽略過一點一畫極其細微的地方，展玩前賢墨跡影寫本時，總是悉心靜氣地仔細尋求其下筆過筆，牽絲明暗，一切異中之同，同中之異，明確理會得了，方才放手。我這樣做了幾十年，自然不能說毫無成績，但還是極其平常的，要說是已經真個寫好了，那就不甚契合，這絕不是我過份謙虛，因為「好」這一名詞，是相對的，是要經過比較，才能下的得當。我自己覺得現在還禁不起認真的比較。但是在此，我附帶着肯定地說一句話：能持久寫字，關於攝心養生方面是有一定程度的好處的。

有人問：「我們怎樣才能寫好字？」我以為，字總是人人必須寫的，但是人人都希望成為書家，那是不一定可能，而且也無此必要的。不過，一般說來，起碼條件，要契合實用，就是要做到寫起來便捷容易，看起來又整潔明白。目前青少年中，已經符合這個條件的固然是有的，無奈為數實在太少，大多數不但寫得不甚美觀，而極難辨認，有時簡直失掉了文字是社會交際工具的唯一作用。我想當他們書寫的時候，也是不得已而才執起筆來的，一定絲毫感不到興趣，自然無從寫好，只圖紙上畫過了，送出便完事，後果如何，一概不管。人們一向對於這樣的現象是發愁的。現在的青年們，自覺地也認為字是值得學一學，單就我所接觸的青年來說，幾年來，一天比一天多，要求我告訴他們寫字的方法，所有來信，都是很誠懇的。現在就我所認為非此不可而又簡便易行的幾點，列舉如下：

第一，要先從橫平豎直學起，耐性地，力求必平必直，不可苟且，這個做到了，還要畫長的還它個長，畫短的還它個短，乚要像個乚，乀要像個乀，丿、乁等也得準此，不能任意改樣。如此把正楷學好，寫得整整齊齊，能入格子，然後學寫行書，它的減省筆畫，往來牽帶，都有規矩，不能亂塗，若任意變更，就會令人不識。寫到純熟時候，懂得了它的一定法則，就不覺得難辨，只在留心熟練，無他捷徑可尋。不厭不倦，持久學習，以上所說的便捷整潔條件，就不難達到。我在此舉出楷行碑帖各一部，可資初學臨寫，但不是說非這幾種不可，若果手頭有別種好學的帖，也不妨取臨。

一、唐王知敬書《衛景武公碑》（楷書）。
二、唐懷仁集右軍書《三藏聖教序記》（行書）。

（二）

有人問：「寫字是不是一定要先學好執筆？」我以為，無論是任何一種工具，為得要很好利用它去做工作，一切執法中，必定有一種是對於使用它時，最為適合的方式。這都是可以在人們使用實踐中，經過選擇，辨識出來的。我常常用拿筷子作比方來說明執筆，同是一理。但是人們往往認為這些小事，不值得用心去學習，切身事情，忽而不察，因而使得一生不懂執筷法的人，一生也就不能好好拈菜，不但旁人看見替他難過，他自己着實感到不方便。所以前人說：「人莫不飲食也，鮮能知味也。」就是說隨便將平凡切己的事，都忽略過去，不曾在意，那麼，要想進一步學習些東西，也就失掉了良好的基礎。為得想把字寫好，必得先學執筆，這是經驗告訴我，非如此不可。

我對於執筆，是主張用擫、押、鈎、格、抵五字法，就是用五指包着筆管，指

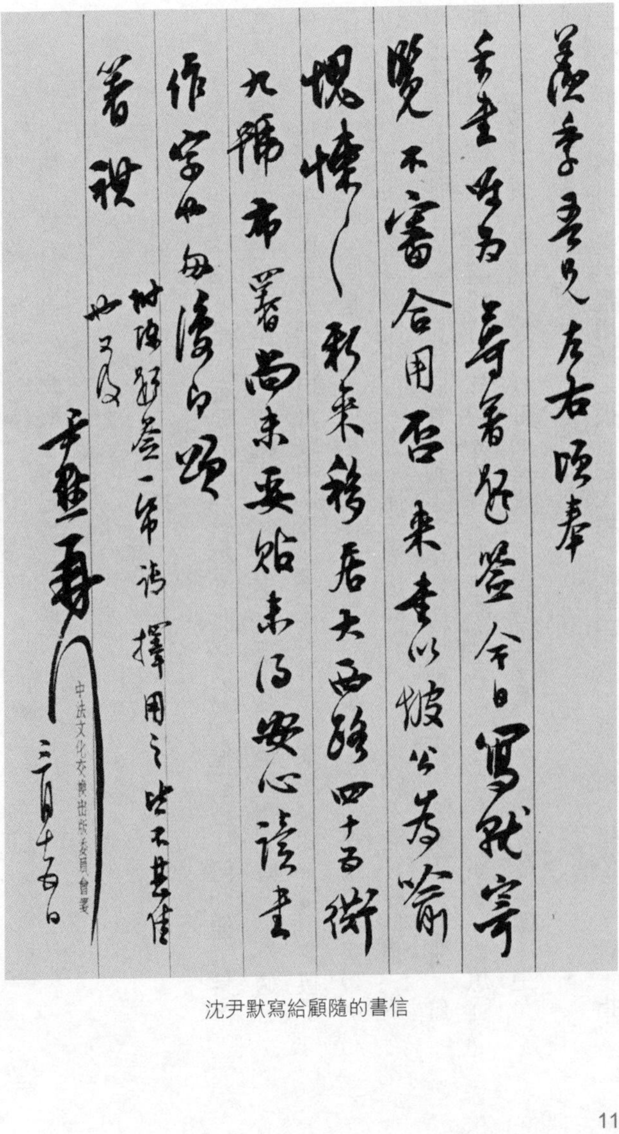

沈尹默寫給顧隨的書信

和朋友們交流執筆和書寫心得

實、掌虛、掌豎、腕平、腕肘齊起（肘千萬不可死放在書案上，腕懸起只要離案面一指上下即得，不必過高捉管），這樣執法，去學習寫字的。其餘執法，概不採取，其理由是，五字執筆法是唯一適合於手臂生理的運用和現用工具——毛筆製作的性能發揮的，説它適合於使用，就是能達到前人所説的運腕的要求。指執須死，腕運須活，互相配合，才能發生作用，這是一種自明的道理。腕運的功用，是將每一次快要走出一點一畫中線的筆鋒，隨時隨處地運它返回到中線中間來，保持着經常筆筆中鋒，一無走着。大家知道，中鋒是筆法中的根本法則，不能做到，點畫就不可能圓滿耐觀。

說到運腕，就不能離開提和按，提按不單在筆畫轉換處要用，幾乎每筆起訖及中間部份都需要用，前人所謂行筆，正是表明無一處不需用到起落。提按自然是一上一下兩種動作，但是不僅是直上直下，而且還要有起有倒，起倒就有左右前後各種形勢，所以永禪師說字有四面，而米海岳甚至說字有八面，若果僅能提按，不加上起倒，那就辦不到四面，更不必說八面了。在這裏可以證明前人所說的「管正非中鋒」這一句話是極其切要而正確的。提、按、起、倒是用筆的四種關連在一起的方法，不分開固不能，但劃然地分開就不是，即提即按，即按即提，隨倒隨起，隨起隨倒，而且提按中有起倒，起倒中有提按，似行還止，似斷還連，當筆着紙後，如此動作，無一瞬息間可以停頓。學字的人，必須首先認識到這一點，悉心去揣摩練習，由能懸腕平拖，達到順利使用提按起倒的運動去行筆，自然得多費些時間，多下些功夫，才能達到純熟、自由自在的地步，這管筆才能歸自己使用而不為筆所使，才能支配着筆去臨寫任何字體，無不如意。而且要輕就輕，要重就重，前人寫字訣中所規定的落筆輕着紙重也容易做到。

上面說的一番話，自然是對於有意學習法書、苦練求精的人說的，不過就是僅僅要想寫出來既整潔，書寫時又便捷的人們，能夠照樣去下一些功夫，也是大有幫助，而不是枉費氣力。還有一句話要提一提，這種執筆法，只是寫三五分以上到五六寸大小的字，最為合宜適用，過大的字就不必拘定如此，而且也不合適。

(三)

有人問：「學字是不是一定要臨帖?」前人説過這樣一句話：「學不是讀書，然不讀書又不知所以為學之道。」我們也可以這樣説：寫字不是臨帖，然不從臨帖入手，又不知寫字之道。臨帖的意義，正和讀書一樣，從書中吸取到前人為學的經驗，有助於我們格物致知，行己處世。臨帖可以從帖中吸取前人寫字的經驗，容易得到他們用筆和結構的繩墨規矩，便於入門，踏穩腳步，既入門了，能將步子踏穩，便當獨立運用自己的思考去寫，不當一味依靠着前人。但這不是説，從此就不必去刻意臨摹，經常還得要取歷代法書仔細研玩，隨時還可以得到一些啓發，這於自寫時有很大幫助。不過，不可在前人腳下盤泥，即便摹得和前代某一名家一模一樣，有何好處?終是無生命的偽造物，饒是海岳，還被人譏誚為集古字，這不可不知。

寫字必須將前人法則、個人特性和時代精神，融和一氣，始成家數，試取歷代書家來看，如鍾、王、鄭道昭、朱義章、智永禪師、虞、歐、褚、顏、柳、楊凝式、李建中，蘇、黃、米、蔡、趙、鮮于、文、董諸公，不但各家有各家面目，而且各人能表現出他所處時代的特殊精神，但是他們所用的法則，卻非常一致。在這裏也就能明白寫字為甚麼要臨帖，臨帖的重要性在哪裏，是要吸取積累的經驗，絕不是純粹模古，斷然可以如此說。

有人問，「寫字是不是一定要先從篆隸入手，寫好了篆隸，楷書、行書一定就容易寫好？」我以為，這樣說法，不能說他沒有道理，但道理只在於不曾割斷書法歷史，這是好的。實際說來，四體寫得一樣好的書家，從古及今是很少很少的。這不是沒有理由，因為篆、隸、楷、行，究竟是四種迥然不同的形體，各有所尚，很難兼擅，某一體多練習些時候，某一體就會寫得好些，這是很自然的。八法是為今楷設的，其筆勢不但要比篆體多出許多，也比隸體要多些，楷書自然可以取法篆筆的圓通，也可以取法隸筆的方峭，然斷不可以拿來直接使用，還得要下一番融會貫通功夫，始合楷法，不然，就會鬧出曾國藩所說的某一筆取自顏，某一筆取自柳，某一筆則取自趙那樣雜拌字的笑話。我現在是着重為寫楷行的人說法，篆隸則不在範圍之內，故不暇論及。明白了筆法後，先篆隸，後楷，固然可以，先楷後篆隸亦無不可，孰先孰後，似乎不必拘泥。

有人問：「你的字是學哪一家的？」這個回答很難，看我那篇自學回憶，便能明白。若果一定要我指出出於哪一家，只好說我對於褚河南用力比較多些，就算是學褚字的吧。但是這樣說，使我十分慚愧，因為褚公有個高足弟子，他是誰？是顏真卿。他繼承了褚公，卻能發展成為一個新的局面，那才值得佩服呢！

有人問，「你為甚麼要把寫字的人分為書家和善書者兩種？」我的用意，是使後來學習的人，易於取法，不增迷惑，凡是遵守筆法，無一點畫不合者，即是書家，若鍾、王以至文、董諸公皆是。善書者則不必如此嚴格對待，凡古近學者，文人、儒將、隱士、道流等，有修持，有襟抱，有才略的人，都能寫出一手可看的字，但以筆法繩之，往往不能盡合，只能玩其丰神意趣，不能供人學習。拿畫界來比方，書家是精通六法的畫師，善書者只是寫意畫的文人。你若想真正學畫，何去何從，斷可知矣。

《文匯報》一九五八年二月

答人問書法

要想學習書法，就得學會用筆，想把這管筆使用得靈活、稱心如意，首先得學好執筆才行。執筆雖有多種様式，但它總的要求，必須正確做到以下所說的幾點：

執筆：指實、掌虛、掌豎、腕平，腕部和肘部一齊懸起，肩頭盡量放鬆。腕部懸離案面，不必過高，只要離開一指高便得。肘部懸起自然要比腕部稍高一些，但不宜過高。過高了，肩頭便會聳起來，就無法很好地鬆開來。

再來談談用筆。筆不論是硬毫、軟毫、長鋒、短鋒，都必須先用清水洗透，指乾，通開入墨，然後使用，毫才靈活，筆毫着紙才能鋪開，常使鋒尖在每一點畫的中線上行動。行動時，腕不斷地提着、按着，肘不斷地導着、送着。執筆一開始時，筆管的上端，需略略傾向到自己一面，鋒尖在點畫中行，要不使它離開中線，筆管必須隨時左右前後變換着，採取自然相應的側勢，方能奏效。前代書法家所說的「管正非中鋒」，就是說明這個道理，管正了鋒必偏，實踐中證明了這一點。

凡練武術的人，必須先練「站樁」等基本功。上面說的執筆法，也就是學寫字的基本功。能夠練好基本功，才有寫好字的希望。但是一下子就想全部練好，那是不可能的，必須分段來練。第一階段中，掌豎腕平，腕肘平起，是比較難練的一部份。開始學習的人們，必須有耐心，有恆心，勉強堅持着，而且要多花費一點時間去寫字，久久成為習慣，才能提着筆去臨寫，不覺得困難。能夠這樣，這管筆便被我掌握住了，驅遣使用，方能如意，不致為筆所拘束，就好進入第二階段的練習。

大家知道，每一個字是由各種點畫構成的。每一點畫都能圓滿，而且筆筆相生相應，活潑得勢，那麼，不但個個字形好看，而且行行都有生意。這就要靠腕去靈活運用，筆毫在畫中行，不斷地提按，使毫中所含墨汁，時停時注而不是平拖過去，因此，筆畫就會表現立體意味。腕肘既然並起，凡提腕時，就顯出腕的功用；導送時，就顯出肘的功用。在初學用腕提按，用肘導送時，往往提只是提，按只是按，導只是導，送只是送，不能很好地把它們結合起來運用，因而不甚自然，這也影響到字的意趣。實際說來，四者必須結合。所謂提中有按，按中有提，導送兩者，亦復如此。要結合着使用，其關鍵卻在肩頭。這就進入了第三階段。肩頭若不能鬆開，那就使四者不能自相結合。我們試仔細體會一下，每當腕下按時，肩頭有彈性的鬆勁卻在提着，導送往來，也由肩頭的鬆勁牽住，使它無往不復。這是最後需要用的

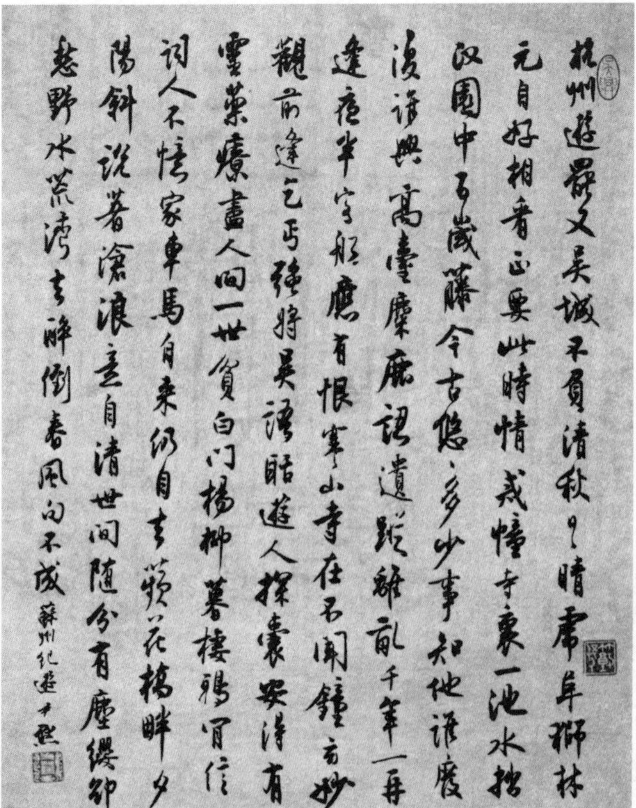
杭州遊罷又吴城，不負清秋日日晴。虎阜獅林
元自好，相看正要此時情。戒幢寺裏一池水，拙
政園中百歲藤。今古悠悠多少事，知他誰廢
復誰興。高臺麋鹿認遺蹤，離亂千年一再
逢。夜半客船應有恨，寒山寺在不聞鐘。玄妙
觀前逢乞丐，強將吴語聒遊人。探囊安得有
靈藥，療盡人間一世貧。白門楊柳暮棲鴉，肯信
詞人不憶家。車馬自來仍自去，蘋花橋畔夕
陽斜。說著滄浪意自清，世間隨分有塵纓。卻
愁野水荒灣去，醉倒春風句不成。
蘇州紀遊 尹默

沈尹默手書《蘇州紀遊》

一段功夫。明朝的書家董其昌所說的自起自倒，自收自束，這四個「自」字，是很有意義的。就是說不是做作，而是天成，求其能盡手臂生理自然之妙用而已。前人所以說寫字時筆能夠起倒自如，才算成功。這是極有經驗的話。

以上所說，不過是我個人對於書法融會的一得。這是從歷代書家積累下來的經驗基礎上探討所得的知識，再經過用自己數十年來不厭不倦地研習實踐中獲得的結果加了一番印證，認為它是可信的，於寫字的人大有幫助，故不憚煩地細述給大家看，文句力求淺顯易知，雖然如此，但在一向與書法少接觸的人們看來，恐怕仍是不可能一目瞭然。本來，關於任何一種事物正確的知識，總是一個涉及許多方面，並包括各不相同而又相互聯繫的各個階段的過程中的產物，絕不是僅僅經過一兩次的活動，就可以得來的東西。記得蘇東坡曾經這樣教人學書法：識淺見狹學不足，是不能學好書法的。必得要使心、目、手三者皆有所得。這就是說，必須腦、眼、手俱到，也就是教人由感性認識到理性認識，一直到手的實踐，三者相互作用，不斷地一次又一次，反覆努力就有可能達到目的。

一九六一年

和青年朋友談書法

書法是我國優秀的民族文化遺產，有很高的藝術價值。書畫在我國素來是並提的。因為我國的文字是由象形字（如，即日月山水）演變而來，字的本身就是一幅畫。歷代的書法家花了很大的精力，刻苦鑽研書法藝術，他們甚至看到高山的巍然屹立，流水的奔騰，白雲的飄拂以及優美的舞蹈，都能從中領悟到用筆的方法。經過歷代的書法家不斷美化，才產生出書法藝術。

文字這個工具，是要靠書法來運用的，書法和各項工作有着密切的關係。美觀清秀的文字，不僅能更好地襯托內容，而且使人看了心情舒暢，給人一種藝術享受。要曉得練字同時也是練人，青年朋友們能在業餘抽一點時間練練毛筆字，這不但能增加我們的文化素養，而且還能鍛煉一個人的意志和毅力。我國歷史上許多著名的書法家，不但給我們創造了一套有很高藝術價值的書法藝術，而且他們練習書法的毅力和精神，也是值得我們學習的。如相傳唐朝的書法家虞世南，在睡覺的時候還用指頭在被子上畫，把被子都劃破了；宋朝的歐陽修和岳飛童年沒有錢買紙筆，便用蘆柴梗代筆用，在沙土上練字。後漢有個叫張芝的書法家，因為勤習書法，常洗硯筆，據說把一池清水都染黑了。

有些青年朋友苦於自己的字寫不好，總想能找到一條得法的途徑。這條途徑是有的，但絕不是一條可以不費功夫的捷徑。根據我個人練習書法的體會，練字首先必須有一絲不苟的認真鑽研的精神，又要持之以恆。我從幼小就開始練習書法，一直堅持練習至今已有六十餘年，目前年近八十，還是繼續不斷地在練習，從沒有間斷過。為了打好書法的基礎，我先從點畫入手，進行練習。記得我學寫「㇏」時，在整整八個月中堅持不斷地練習這一捺，一直練習到自己認為滿意時才止。寫字除了練外，還要多看，多思索，多吸取別人書法的長處，檢查自己的短處。我曾收集了晉、唐、宋、元各名家的真跡影印本多種，仔細研究，就是細如髮絲的地方也不放過。無論看別人的書法或自己練寫，都要用腦精思。

我們希望青年能傳承和發揚祖國優秀的書法藝術。當然，我們並不要求人人都去當書法家。但是，寫出端正、清晰、美觀的文字，這無論從學習、工作或培養我們的意志、毅力來說，都是有益的。為了幫助人家學習書法，我僅根據個人的體會，寫幾句練習書法的要領，供大家參考。

一九六一年

和青年朋友再談書法

上次我在《青年報》上寫了一篇關於書法的文章，許多青年朋友又提了一些問題，現在，我根據自己的體會，回答如下：

問：學習書法，先學哪一種體好？

答：一般文字都用楷書，學書法，應從楷書學起。

在楷書中，自古以來，名家很多，各成一體。你喜歡哪一種，就可去學哪一種。學書法，要學筆法。不管甚麼名家，褚遂良也好，顏真卿也好，王獻之也好，柳公權也好，他們的筆法都有共同之處：因為一點、一橫、一豎等筆畫，不管寫時如何變，用筆都有一個基本方法。比如，顏真卿的一橫的頭是圓的，一點是圓的，一捺像一把圓形的刀；而褚遂良的一橫的頭是方的，一點也帶角，一捺像一把長方形的刀，他們的字外形有很大不同，但用筆的基本方法還是一樣的。

問：學書法為甚麼要從一橫一豎等學起？它的基本要求和用筆方法是甚麼？

答：一點一橫一豎等筆畫，是寫字的基礎，它對每一字來說，是既獨立而又聯合的。就是說，要每一筆畫寫得好，又要在整個字裏安排好它的位置，字才寫得美。因此，學書法，就要先學好這些筆畫。

一橫一豎，一般說，能橫平豎直就行。但怎樣算「平」和「直」了呢？這裏，要有正確的理解，也要有正確的基本用筆方法。有這麼一個故事：有位青年跟一位書法名家學書法，先學寫一橫，寫了好久，去問名家是否平了，名家說不錯，但要他繼續練；又過了好久，再問，回答還是一樣；第三次，這位青年又想去問，但他感到自己寫得雖夠平了，但不美，於是把這個體會告訴了名家。名家一聽，笑道：這是真有了體會了。甚麼體會呢？原來，橫平豎直不是一般的平和直，因為真正像用尺那樣畫出來的平和直並不美。平，要不平才能取得平；直，要不直才能取得直。寫一橫，落筆時筆鋒先是直的；而寫一豎時，筆鋒卻先是橫的。這叫作「回鋒」，也叫作「橫來直受」，「直來橫受」。好比打拳，一拳打出去，要有力，先是往內收一下再打的，這就是用筆的基本方法。要真正把一橫一豎寫好，還要虛實分清，能提能落，看得出起伏。在寫一點時，也不能點下就算，雖然由於一點很短，看不

沈尹默對學習書法的朋友無論長幼，不問身份高低，總是耐心教授。這是向青年朋友柳曾符講解執筆要領，此時柳曾符在上海老城隍廟一間中藥店學習抓藥，數十年如一日利用業餘時間到海倫路向沈老請教。

清起伏，但必須有頓挫。

問：應該怎樣執筆？

答：筆執得正確與否，對寫字有很大影響。一般，用大拇指在後面挺住，用食指和中指在前面鈎住，同時用無名指和小指襯在下面。襯在下面的兩指，不應貼緊手掌，要離開一些，這叫「掌虛」，這樣才能靈活。執筆時，不要執得太高。寫時，要善於用手腕，手腕靈活，可以顧到四面，運用筆鋒，不是呆板地直拖，這樣，寫的字才會靈活完美。

一九六一年

和青少年朋友談怎樣練習用毛筆寫字

執筆

學執毛筆，第一步，必須徹底明瞭指實、掌虛、掌豎、腕平，腕與肘同時並起的做法和道理，字首先希望寫得靈活迅速，既便於應用，也容易達到美觀的境界。指實就是說指頭尖端着筆管處要實在，即是要緊些，但不宜過緊。掌虛就是說掌心及大拇指、食指之間（俗所謂虎門）必須空虛着，空虛了，使用筆時，才能靈活。掌能豎起來，腕才能比較平些，腕一平，肘自然而然地會比腕略高一些而懸起來，這樣整個手臂就能不吃力地懸着，運用起來，十分靈活方便，自然往來，一無障礙，要提便提，要按便按，這管筆就會聽手的指揮，前後左右，無施小可。這樣寫出來的字，才能像生龍活虎一樣，骨力氣勢，兼而有之，前代書家遺留下來的筆跡，就是明證。

以上所說的幾句話，雖是極其簡單，但要練到心手相應，卻非經過較長的勤修

1962 年為在青少年中普及書法教育，上海科教電影製片廠聘請沈尹默為顧問，拍攝了中國第一部《怎樣學書法》的科教片。

苦練，不怕困難，才能闖過這一關，若果不肯堅持下去，半途而廢，那就毫無希望了。我現在告訴大家，不妨且分兩段去下功夫。第一段，先練習提起全臂（照上面所說的辦法拿着筆），離開案面少許去寫字，由發抖到穩定，至少要三五個月，甚至要半年以上。能穩定了，然後進一步去練習腕的運動，以至感覺到肩頭能夠鬆開，使整個手臂運動，更加便利，這是寫字的基本功夫鍛煉。想寫好字，就必得如此做。至於捉筆管高些，或者低些，是可以隨個人的方便，下必拘泥。

臨寫

學書當從臨寫做起，就是說，取古人有名碑帖，先仔仔細細地一點一畫都不放過，看它幾遍，然後拿起筆來，認真地照着它一筆一畫的樣子去寫，且必須把它的樣子印記在腦裏，常常體會它的趣味，久而久之，就會出現在手底紙上，不但逐漸會和它的形貌接近，而且神理也接近，這是練習臨寫過程中眼、手、腦三者都用到了家，才能獲得的成效。看碑帖最好是購取有名人的墨跡印本，初學以習中楷入手為宜，凡是下筆和收筆處，必須留意詳玩，不可放過一絲一毫，要這樣用功，才能得到他們的用筆方法。就是說，才能看清楚他們的筆勢往來，得到一點一畫的寫法，久而久之，也就能夠隨宜應變，使每個字的結構，出乎意外的美觀。例如顏真卿《自書告身》，趙孟頫的《三門記》等，他們的用筆方法，極其顯明易見，下筆收筆處，極需細察，其轉折處，無不換筆，每當換筆，必須將筆微微提起，再行放下，要這樣做，筆鋒才能在每一點筆中間自由行動。前面所說的基本功夫，就是為得寫點畫時能控制住這管筆尖機動地使用，做到筆筆中鋒。能夠做到這樣，點畫才能圓，每個字使人看了才有立體感，不是平板地躺在紙上，無生氣，而是氣派相連，不但字字活，而且行行活。前人說王獻之一筆書就是指出這種妙境。我說的雖是個人體會所得，但是人人都可以學而致之，並且不是我的創獲，歷代名人自道經驗，都大體相同，我不過把它簡括淺顯地複述一番罷了。

毛筆的使用和維護

無論是紫、狼、羊毫，新使用時，必須用清水將筆頭浸洗，把它通通發開，然後入墨使用。但要記住，紫、狼毫不可用熱水浸，羊毫冷熱水都可用。每次寫字完畢，即用清水將墨汁洗淨，再用軟紙把水揩盡，筆頭接管根部，更要揩乾，免它被水浸壞。等它稍乾，便把筆頭打散，這樣筆鋒就容易保持，不受損傷。初學寫字的人，用短鋒羊毫，較為相宜，既耐用，又價廉，頂好一次購取兩枝，替換着使用，看去似乎多花了一份錢，但就我個人經驗覺得反而合算些，你們不妨試試看。

把筆圖解

「把筆無定法，要使虛而寬」，這兩句話是蘇東坡說的。自來寫字的人把筆本是多式多樣的，據前人所說王右軍七代孫智永傳給虞世南等人的執筆法，就是相傳的五字執筆法，是用五指着管的，但實際說來是四指着管，第五個小指是襯托在第四指下面。這種執法，包在筆管外面的有第二指（食指）和第三指（中指），所以有人又叫它作雙鈎。還有一種是三指着管，就是大、食、中三個指，這種執法，包在管外面的，只有第二指（食指），因之人們把它叫作單鈎。一般人大抵都用雙鈎執法，這樣頗便利，高捉低捉都可。至於單鈎執法，古今聞名的書家，據現今所知，只有東坡一人，黃山谷記載如此，是可信的。單鈎執法，卻不便於高捉管，在當時就有人譏評東坡不能雙鈎懸腕，其實東坡仍是提着腕寫字，不過腕離案面稍近一些，只要把他遺留下來的墨跡，仔細看一看，就可以證明。執筆既可雙鈎，又可單鈎；既可高捉，又可低捉，的確是無定法的。但再看他第二句要使虛而寬，這可是有定的，必須要虛而寬。歷來書法家都主張這樣，我舉一例談談，唐朝的歐陽詢説過執筆要虛拳直腕，指實掌虛。李世民的筆訣有這樣一段話：「大抵腕豎則鋒正，鋒正則四面勢全，次實指，指實則筋力勻平；次虛掌，掌虛則運用便易。」韓方明

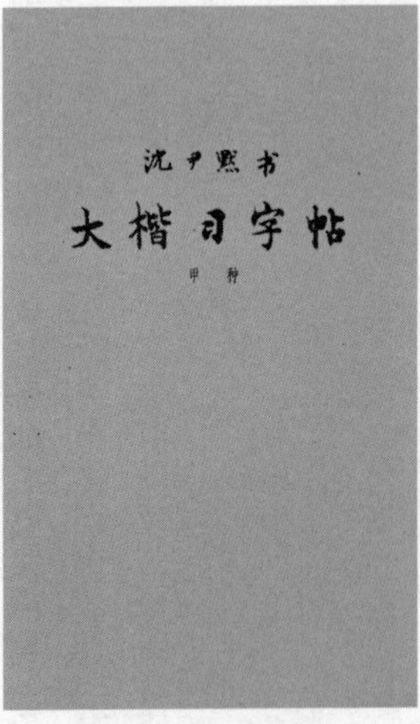

1962 年上海教育出版社出版了沈尹默專門為青少年學習書法編寫的習字帖《甲種本大楷習字帖》和《小楷習字帖——毛主席詩詞二十一首》。

授筆要說，亦言「平腕雙苞，虛掌實指，妙無所加也。」宋朝的米芾說過這幾句話：「學書貴弄翰，謂把筆輕，自然手心虛，振迅天真，出於意外，所以古人各各不同，若一一相似，則奴書也。」李世民是接受虞世南的筆法傳授的，米芾是最精通書法的書家，他們的話極其可靠，都主張虛掌，其於作字便易，不言而喻。因此得到一個比較正確的結論，就是在掌虛的原則下，任憑你採取哪樣一種把筆法，都是可以的。

一九六二年

沈尹默手跡三：《怎樣練好使用毛筆習字》

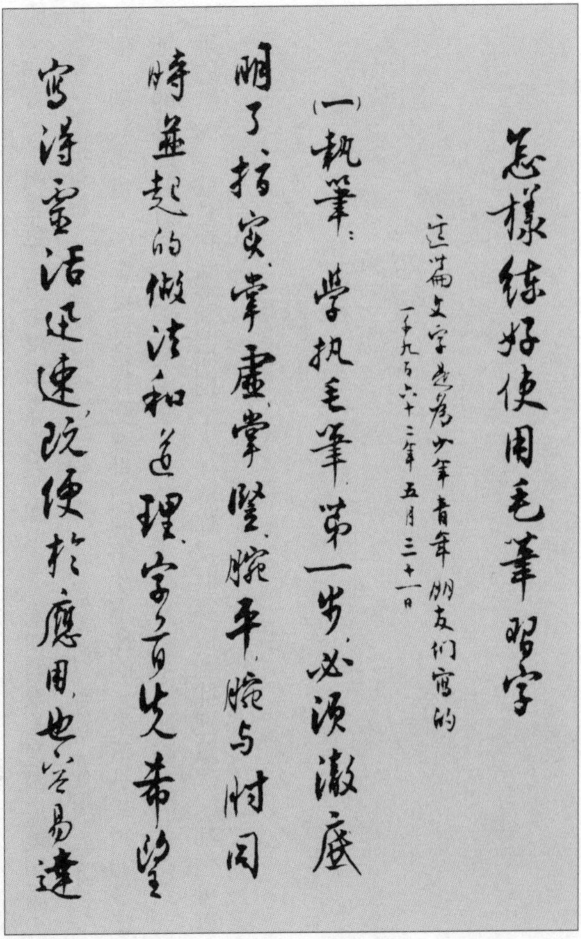
怎樣练好使用毛筆習字

这篇文字是为少年青年朋友们写的

一千九百六十二年五月三十一日

(一)執筆：學执毛筆，第一步，必须徹底明了指实、掌虚、掌竖、腕平、腕与肘同時並起的做法和道理。字首先希望写得灵活迅速，以便於應用，也容易達到美觀的境界，指實就是說指頭要端著筆管，要實在，即是要緊些，但不宜過緊，掌虛就是說掌心及大指食指之間（俗所謂虎口）必須空虛着，空虛了，使用筆時，才能靈活，掌能豎起來，腕才能比較平些，腕一平，肘自然而然地會比腕略高一些懸起來。
這樣整個手臂就能不費力地懸
着，運用起來，十分靈活，方便，自如往
來，無障礙，要提便提，要按便按。這
管筆就會聽我手的指揮，前後左
右，無施不可。這樣寫出來的字，才能像

生龍活虎一樣，骨力氣勢，兼而有之，
前代書家遺留下來的筆迹，就是
明證。
以上所說的幾句話，雖是極其簡單，
但要練到心手相應，卻非經過較長
的勤修苦練，不怕困難，才能闖過這一

閱，若果不肯堅持下去，半途而廢，那就毫無希望了。我現在告訴大家，不妨且分兩段去做工夫，第一段，先練習提起全臂（照上面所說的辦法拿著筆），離開案面少許去寫字，由發抖到穩定，至少要三五個月，甚至要半年以上，能穩定了，然後進一步去練習腕的運動，以至感覺到肩頭能夠鬆開，使整個手臂運動更加便利，這是寫字的基本工夫。鍛鍊，想寫好字，就必須如此做，至於握筆管高些或者低些，是可以隨個人的方便，不必拘泥。

(二)臨寫：學書當從臨寫作起，就是說，取古人有名碑帖，先仔仔細細地一點一畫都不放過，看它怎畫，然後拿起筆來，認真地照著它一筆一畫的樣子去寫，必須把它的樣子記在腦裏，常常體會它的趣味，久而久之，就會出現在手底綫上不但逐漸會合（三和）它的形貌接近，而且神理也接近，這是練習臨寫過程中，眼、手、腦三者都用到了家，才能獲得的成效。看碑帖最好是購取有名人的墨跡本，凡是下筆和收筆露，（初學以習平拙人手為宜）必須留意詳玩，不可放過一絲一毫，要

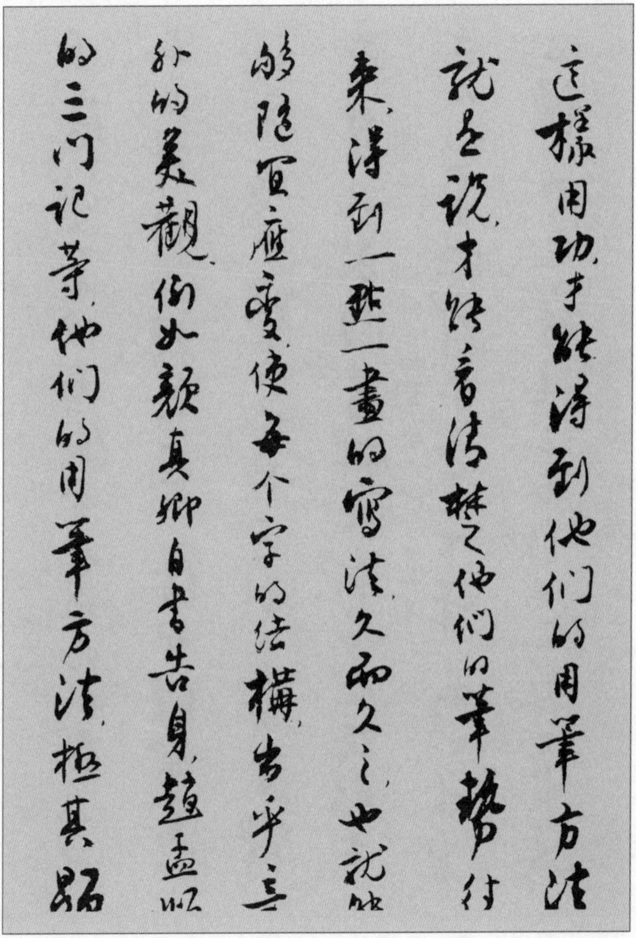
這樣用功，才能得到他們的用筆方法
就是說，才能看清楚他們的筆勢往
來，得到一點一畫的寫法，久而久之，也就能
夠隨宜應變，使每個字的結構，出乎意
外的美觀，例如顏真卿自書告身，趙孟以
的三門記等，他們的用筆方法，極其顯

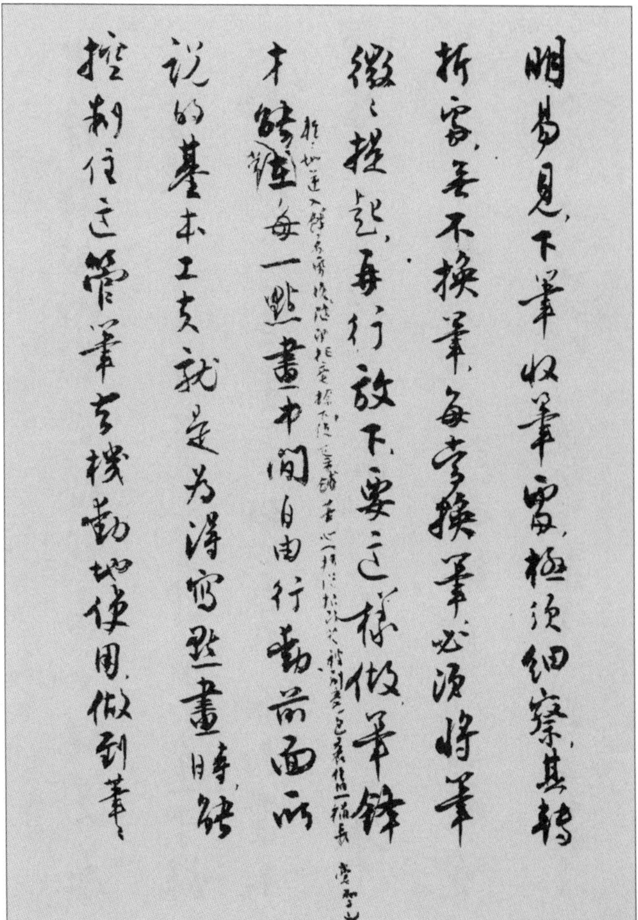
明易見，下筆收筆處，極須細察其轉
折處。無不換筆，每每換筆，必須將筆
微微提起，每行放下，要這樣做。筆鋒
才能達到每一點畫中間自由行動，前面所
說的基本工夫就是為得寫點畫時能
控制住這管筆，才樸勤地使用，做到筆筆

中鋒，能夠做到這樣，點畫才能圓，每個字使人看了才有起立體感，不是呆板地貼在紙上，一條生氣，而是氣脈相連，不但字字活，而且行行活，前人說王獻之一筆書就是指此種妙境，我說的雖是個人體會而得，但是人人都可以學而致之，並且不是我的創獲，歷代名人自道經驗，卻大都如同，我不過把它簡括淺顯地復述一番罷了。

(三)毛筆的使用和維護：無論是紫、狼、羊毫、新使用時，必須用清水將筆頭浸洗，把它通通發用，然後入墨使用。

但要記住，紫狼毫不可用熱水浸，羊毫冷熱水都可用。每次寫字完畢，即用清水將墨汁洗淨，再用綿紙把水揩淨盡，筆頭接管根部，更要揩乾，免它被水浸壞，當它揩乾，便把筆頭打散，這樣筆鋒就容易保持，不要損傷，初學寫字的人用短鋒筆毫，較為相宜，既耐用，又價廉。頂好一次購取兩枝，替換着使用，看去似乎多花了一份錢，但就我個人經驗，覺得反而合算些。你們不妨試試看。

（四）把筆圖解：把筆要空清，要使

垂而寬、這兩句話是蘇東坡說的。自來寫字的人把筆本是多式多樣的，據前人所說王右軍七代孫智永傳給虞世南等人的執筆法就是相傳的五字執筆法，是用五指着（擫）管的，但實際說來是四指着（擫）管，第五個小指是襯托在第四指下面，這種執法，是在筆管外面的有第二指（食指）和第三指（中指），所以有人又叫它作雙鉤，（又叫雙苞）還有一種是三指著（捻）管，就是大、食、中三個指，這樣執法，它在管外面的只有第二指（食指），因之人們便把它叫作單鉤（又叫單苞）一般人大抵都用雙鉤執法，這樣頗便利，為提低提都可，至於單鈎執法，古今聞名的書家，據現今所知，只有東坡一人，黄山谷記載如此，是可信的，單鈎執法，卻不便於提管，在當時就有人譏評東坡不能雙鈎懸腕，其實東坡仍是提著腕寫字，不過腕部靠案面稍近一些，只要把他遺留下來

的墨迹仔細看一看，就可以證明。執筆
既可雙鈎，又可單鈎，既可高提，又可低
提，的確是寫字法的，但每看他第二句要
使虛而寬，這可見有字的必須要虛而
寬，歷來書法家都主張這樣，我舉一
歐陽詢說過執筆要拳虛，腕直，指實掌虛，
二例談，唐朝的李世民的筆訣有這

樣一段話：「大抵腕豎則鋒正，鋒正則四面勢全；次實指，指實則節力均平；次虛掌，掌虛則運用便易。」（韓方明授筆要說云：平腕雙苞，虛掌實指，妙無所加也。）宋朝的米芾也說過這樣的話：「學書貴弄翰，謂把筆輕，自然手心虛，振迅天真，出於意外。所以古人各各不同，若一一相似，則奴書也。」李世民是

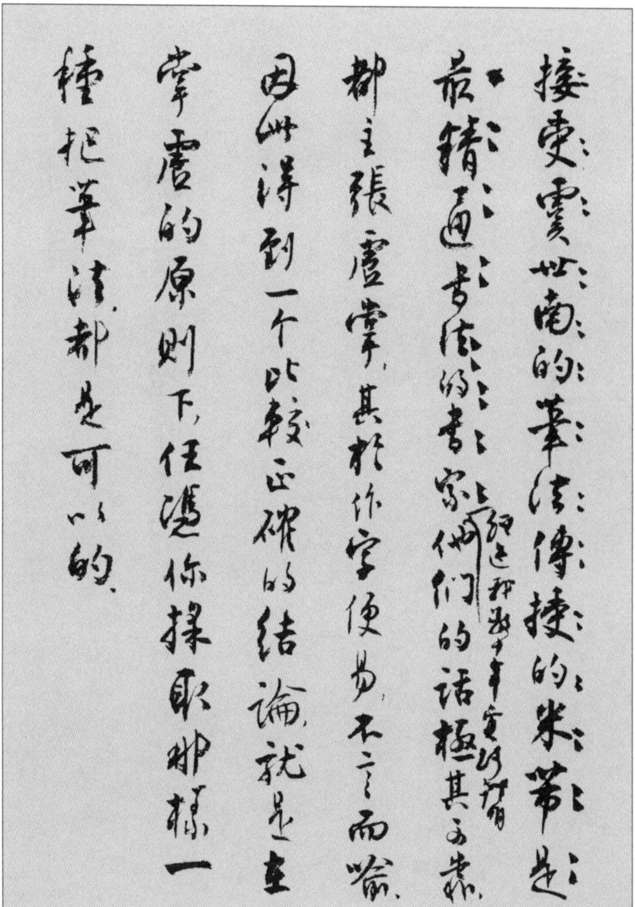

接受雲林南的筆法，傳授的米芾是最精通書法的書家（經過數十年實行研究）他們的話極其可靠、都主張虛掌，其於作字便易，不言而喻、因此講到一個比較正確的結論，就是在掌虛的原則下，任憑你採取那樣一種執筆法都是可以的、

附圖

雙鈎執筆法

單鈎執筆法

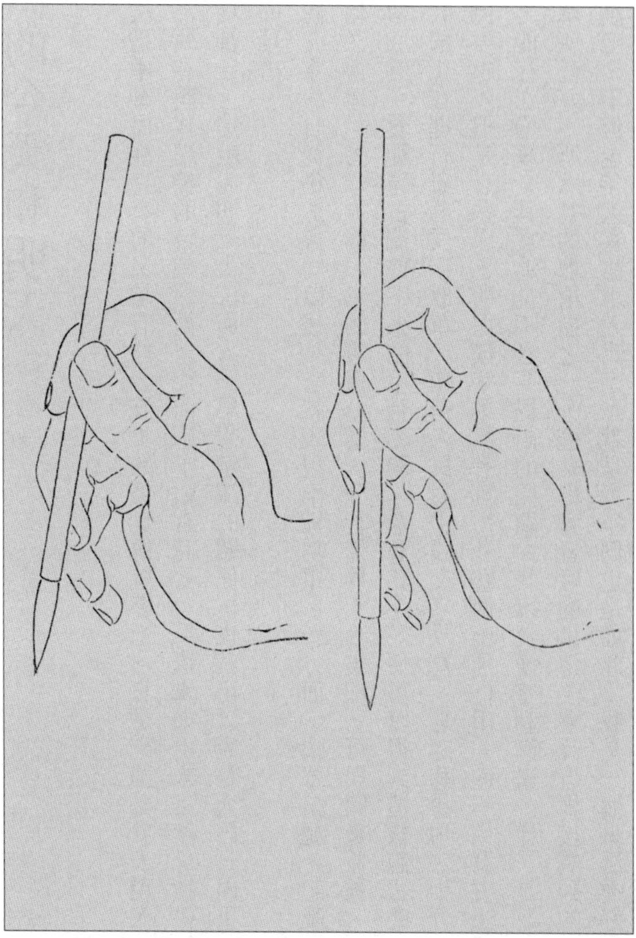

書法的今天和明天

書法是中華民族特有的又是有悠久歷史的優良傳統藝術。它是一種善於表現人類高尚品質和時代精神的特種藝術，從前蘇子瞻有詩云：「退筆如山未足珍，讀書萬卷始通神」，這就說明：書法與人們思想意識的關係，也就可以說是人們一向重視書法的理由。

我國文字，自從創造成功以後，它就表現兩種功用，一方面，代替結繩，記載事物，傳久傳遠；另一方面，它的筆畫結構，分行佈局十分美觀，可與圖畫並稱，只要你留心看一看從遠古流傳下來的甲骨刻辭，鼎彝銘字，便可以得到這樣說法的證明。我國正在進行着的文字改革，使得人民對中國文字易寫、易認和易用，十分符合人民要求。但是有些人不明白漢字本具有實用和藝術兩種作用，遂不免為書法今後能不能存在擔憂，其實這是不必要提出的問題。我以為漢字和圖畫一樣，是為人民大眾所愛好、所欣賞的藝術品之一，這是毋庸置疑的事情。拿我近來接觸到的情況來講吧，不但老年人喜歡求人寫字，就是青年們也是如此。我是一個書法愛好

沈尹默十分關心兒童教育。沈尹默在 60 年代以近八十高齡，在上海青年宮開辦書法講座，免費為少年兒童講授書法，當時有 400 多人參加，最小的只有 14 歲。1965 年四川榮昌縣富鎮踏水橋耕讀小學校長林傳舜來信請沈君默為該校師生題詞，沈尹默書寫了校牌，又書寫了「團結緊張　嚴肅活潑」八個大字、魯迅先生的條幅「橫眉冷對千夫指　俯首甘為孺子牛」以及毛主席詩詞立軸贈送給該校師生。

沈尹默經常為社會各界無償題寫匾額，例如人民文學出版社的《三國演義》《紅樓夢》《水滸傳》《西遊記》等。1963 年 8 月 19 日，冰心陪同一位日本作家訪問上海，巴金和夫人蕭珊陪同冰心拜訪沈尹默，那時他住在虹口海倫路一座日式的小樓裏。在當天日記中巴金寫道：「三點前五分杜宣乘作協車來，約我和蕭珊去和平飯店，找冰心同訪沈尹默老人。冰心請沈老為新刊《兒童文學》題字，我請他寫扇面，沈老夫婦好客、健談。他不但給刊物題了字，為我寫了扇面，還替我們四個人寫了單條。樓外大雨不止，室內談笑甚歡，沈太太還以點心和冰淇淋待客。」兒童文學封面題款並沒有註明是沈尹默題寫，推廣簡化漢字就使用簡體漢字的題款了。

者，雖然沒有多大成就，卻已有六十多年不會間斷的練習經驗，被人們知道了這一點，我便陷入了應付不周的境地，不但常常有人要我寫字，而且不斷地有許多人——其中大多數是學校、部隊、工廠、商店的青年，來向我討教。這種現象是夠說明人民對於書法的了解和需要。

書法本來不僅僅是用在屏條、對聯、冊頁、扇面上的，就是廣告商標、路牌、肆招、標語、題簽、題畫之類，也需要有美麗的書法，引起一定的宣傳作用。我歷年來為書籍圖片出版社以及日用商品店、出口物資公司等處題了不少字，前年天津中國製藥廠，要我替他們寫二十多種膏丹丸散名稱的包裝紙，據說以此來包藥，與銷路也有關係，這也是社會上需要書法的一個絕好的實例。

我們的國家對於人民所愛好、所需要的東西無論大小，從來不會漠不關心的，書法自然也是如此。在今天說來，書法前途能不能發展的責任，不應該完全歸到政府一方面去，政府的工作，提倡以外，主要的還是對於有關書法所用工具（紙、墨、筆、硯等）的生產，加以適當安排（原料規格問題），提高其品質與數量，以滿足供應。至於書法本身的不斷進步，那是要靠寫字的人認真努力，才能有優秀的作品出現。我們不妨試回顧一下，從元明以來書法便開始走下坡路的情況，即可明白，其關鍵所在，是當時社會提倡不力呢？還是由於書法家努力不足，或是所用方法不甚對頭的緣故呢？我認為主要是由於後者。北宋初年，歐陽永叔嘗嘆書法中絕，直至蔡、米、蘇、黃四家出，始覺繼起有人，而四家真跡，傳世多有，比之唐五代諸名家固然略有異同，但就其足夠表現一代風格及其個人特性，則與前賢相一致，同樣可貴，雖然有人評論以為它不及前代醇厚樸質，那卻絲毫無損於諸公成績，正如杜子美批評（實際上是推崇）初唐四傑的「當時體」，謂為「劣於漢魏」，然而是「近風騷」，這是極其公允的話，而且這也是極為必要的提倡。「偽體」必當「別裁」，唯求能「親風雅」，這裏所謂「風雅」，不是別的，正是指三百篇中的風詩、雅詩，即當時思無邪的寫實作品，現實作風，正是一般藝術家所必當遵循的大道，書法也不能例外。元代除了趙松雪、鮮于伯機外，能明通書法而嚴格遵守之者，實寥寥無幾，明朝則僅有一個董其昌，因為書法家不單是能說明書法的人，而實際上要能行才成，就是能說能寫，說到做到。

現在再就通行於世而具備八法的楷體兼及行草來說，鍾、王、虞、歐、褚、顏、懷素、徐、李、柳、楊諸人，同是當行，蔡、米、蘇、黃、趙、鮮于、董輩，也應列入。因為他們比之元代復古派——馮子振、虞集等的晉人書，清朝復古派——鄧石如、包世臣的六朝體，有其不相同之處，就是都沒有把書法歷史割斷，也不單追求形貌（追求形貌，近於撰擬，使人觀之，有時代錯誤之感），而只是認真地傳遞了前代任何一個書法家都不能不遵守的根本筆法。用南齊張融的話，就可以說明這個道理。他是一個承接二王書法的人，但他曾經這樣對人說：「不恨臣無二王法，但恨二王無臣法。」這是說一代有一代的風格，一人有一人的性情，除了不能不受到運用毛筆的根本法則的限制以外，其他一些都可隨人而異。前代書法家一向都是主張變體的，近幾百年來，書法發展是不甚正常的，不特「劣於漢魏」，而且遠於「風騷」，這種弊病，以前是難於救濟的，因為那時代的國家社會沒有絲毫興旺氣象、安穩氣氛，藝術低落，是必然的結果。現在卻大不相同了，經濟高潮之後，接着來了文化高潮，百花齊放，萬象更新，只要我們毅然擔負起振興書法的擔子，是大有可為的。行行有人幹，行行出狀元，努力做去。說不定十年二十年之間，就會有一大批優秀的書法家湧現，為這種民族特有的藝術放出異彩。

一九五九年八月

沈尹默手跡四：臨褚遂良《伊闕佛龕之碑》

據沈令昕先生女兒所言：祖父認為《伊闕佛龕之碑》是非常重要的碑帖之一，臨寫《伊闕佛龕之碑》是按照「執筆五字法」正確使用毛筆起步的最好字帖；他本人曾經臨寫過上百遍，但因多年的遷移，完整的版本已寥寥無幾，在父親開始學寫毛筆字起，祖父就曾為他臨寫過，這個版本是祖父為父親二十歲生日時所寫的，也是祖父相當滿意的「臨一過，付隨」的長卷本。

《臨伊闕佛龕之碑》書於一九三七年，正是沈尹默先生以主要精力致力於褚遂良楷書的研究，希冀能與其行書骨架血肉融為一體的時期。自此以後，褚遂良的整體風格一直成為沈尹默書法的堅實骨架。

夫藏室延閣之舊典蓬萊宛委之遺文其教始於六經其流於百氏莫不美天地爲

廣大嘉富貴爲崇高物致用則上聖發育御氣乘雲則列仙體其變化茲乃盡域中

之事業彈
方外之天
踰繫表稱
萬論帝先
而謂窮神
疊非徇淼
漫於埳井
者從海若

而天泳池
也矜峻極
扵塊昇者
未託山祇
而窺地軸
也烏識夫
無邊垂暉
於四衢無

相法寶韞
善價於三
藏泊乎竊
焉超筌蹄
之表三界
方於禹跡
也猶大林
之匹豪端

四天視於
侯服也若
龍宮之方
蝸舍升彼
岸而捨六
度則周孔
尚溺於淪
證常樂而

揖一乘則松喬莫追其軌徹由是見真如之窮滅悟俗諦之幻化八儒三墨之所稱

其人塡隴矣柱史園吏之所述其猶糠粃矣若夫七覺開正分塗離生滅而降靈排

色空而現相唯妙也掩室以摽其實唯神也降魔以顯其權故登十号而御六天絶

智於無形之冥五道應物於有爲之域是以慈悲所及跡恒沙而同跬步業緣既啓

積僧祇而比崇朝故能使百億日月蕩無明於隮法雲於下土然則功成道樹非練

金之初跡滅堅林登斷籌之末功既成俟奧典而埀範跡既滅假靈儀而圖妙是其

化於迦維載飾丹青發其善於震旦繩繩乎方便之力至矣魏魏乎饒益之義大矣

文德皇后道高軒曜儀淵聖於無壇柔明極於光大沙麓蕃祉塗山發祥来翼家邦

嗣徽而贊
王聿修陰
教正位而
叶帝圖顯
重輪之明
逮厚載之
德忠謀著
於房闈教

申於宗祀
至誠所感
清朏魄於
上至柔所
被蕩震騰
於下心繫
憂勤行歸
儉約胎教

本枝冠於三代闡政攸敘宮掖光於二南陋錦繪之華身安大帛賤珠玉之寶志絕

名瑲九族所以增睦萬邦所以至道宏覽圖雅好藝文酌黃老之清靜窮詩書之溥

博立德之
茂合大兩
儀立言之
美齊明五
緯加以宿
殖遠因早
成妙果降
神渭溪明

四諦以契
無生應蹟
昭陽馳三
車以有結
故緜區表
剎希金猶
達之園排
空散花踊

現同多寶之塔諒以高視四禪俯輕末利深入八藏顧勝鬘豈止釐降揚蕤軼有嬀

之二女載祀騰實越高辛之四妃而已哉左武候大将軍相州都督雍州牧魏王體

明德以宗
膺茂親而
作屏發揮
才藝兼苞
禮樂朝讀
百篇摠九
流於學海
日摛三賦

備萬物於
詞林驅魯
衛以騄鑣
馭梁梁楚
使扶轂長
人稱乎千
里之通神
曰孝橫四

海之濱結巨痛於風枝纏深哀於霜露陽陵永翳懷鏡匲而不追閟宮如在望階除

而增慕思欲弭鷲岳申陟屺之悲鼓枻龍池寄寒泉之思方顉捨白亭而遐舉瑩明

珠於兜率度黃陵而撫運蔭寶樹於安養博求報恩之津歷選集靈之域以爲百王

建國圖大必揆於中州千尊託生成道不於邊地惟此三川寔總六合王城設險曲

昇營定鼎之基伊闕帶河文命襄陵之穹隆極天崢嶸無景幽林招隱洞穴藏金雲

生翠谷橫石室而成蓋霞舒丹巘臨松門而建摽宏基拒於嵩山依希雪嶺流於德

水倆佛河
斯固真俗
之名區人
祇之絕境
也王乃罄
心而弘喜
捨開藏而
散龜貝楚

般竭其思
宗墨騁其
奇蹤絕辟
於王繩之
表而靈龕
星列雕於
金波之外
而尊容月

舉或仍舊
而增嚴或
維新而極
妙白毫流
照掩蓮花
之質紺髮
揚暉分檀
林之侶是

故近瞻寶
相儼若全
身遠神光
湛如留影
嗤鏤玉之
為劣鄙刻
檀之未工
杲杲焉踰

日輪之麗
長漢峨峨
焉邁金山
之映巨壑
耆闍在目
鄉竭可想
寶花降祥
蔽雲之包

天樂振響
奪之音是
以覩法身
之妙而八
難自弥聞
大覺之風
而六天可
陟非正真

者其孰能與於此也善建佛事以報鞠之慈之業非純孝者其孰能與於此也昔簡

狄生商既輪迴於名相公旦胙魯亦適於國城猶且雅頌功同和於天地管弦詠其

德鬼神況
乎慧燈普
照甘露徧
灑任姒尊
名具之以
妙覺間平
茂實成之
以種智是

用勒紺碣
於不朽辟
彼法幢陳
讚述於無
窮俾夫衣
銷刼與金
剛而比堅
芥納須弥

隨鐵迺作
頌曰
十号開緒
二諦分源
有為非實
無相稱尊
光宅沙界
居給園仁

舟戡溺智
炬排昏緣
發現跡終
還淨色身
暫掩靈照
遠鏡布金
降真攻王
圖聖五道

有截三無
競帝唐紀
定祥功濟
赤縣德穆
紫房十品
散顥三慧
騰光廣闢
香地載紐

玄綱卓爾
英王至哉
茂則丹青
神甸臨梅
王國擲橫
海孝思不
匱報恩罔
忒聿修淨

業于茲勝
境梯危紫
翠嶺石表
相因山摹
雖遥求心
寧永豪祇
樹樓似增
成飛泉灑

漢危石臨
星巖垂日
近松乘純
宣勝業載
圓邪山地
次辛丑

天地博雅文叢

經典常談　朱自清 著
新編《千家詩》　田奕 編
邊城　沈從文 著
孔子的故事　李長之 著
啓功談金石書畫　啓功 著　趙仁珪 編
沈尹默談書法　沈尹默 著
詞學十講　龍榆生 著
詩詞格律概要　王力 著
唐宋詞欣賞　夏承燾 著

古代漢語常識　王力 著
梁思成建築隨筆　梁思成 著
簡易哲學綱要　蔡元培 著
唐宋詞啟蒙　李霽野 著
唐人絕句啟蒙　李霽野 著
唐詩縱橫談　周勛初 著
佛教基本知識　周叔迦 著
佛教常識問答　趙樸初 著
漢化佛教與佛寺　白化文 著

www.cosmosbooks.com.hk

書　　名　沈尹默談書法

作　　者　沈尹默

編輯委員會　梅　子　曾協泰　孫立川
陳儉雯　林苑鶯

責任編輯　祈　思

美術編輯　郭志民

出　　版　天地圖書有限公司
香港皇后大道東109-115號
智群商業中心15字樓（總寫字樓）
電話：2528 3671　傳真：2865 2609
香港灣仔莊士敦道30號地庫／1樓（門市部）
電話：2865 0708　傳真：2861 1541

印　　刷　美雅印刷製本有限公司
香港九龍官塘榮業街 6 號海濱工業大廈4字樓A室
電話：2342 0109　傳真：2790 3614

發　　行　香港聯合書刊物流有限公司
香港新界大埔汀麗路36號中華商務印刷大廈3字樓
電話：2150 2100　傳真：2407 3062

出版日期　2019年5月／初版

ISBN ： 978-988-8547-65-4